D.C.
～ダ・カーポ～
朝倉音夢 編
サーカス 原作
雑賀匡 著
PARADIGM NOVELS 170

登場人物

朝倉《あさくら》 純一《じゅんいち》

「かったりぃ」が口癖の怠惰な性格。他人の夢をのぞき見てしまったり、手のひらから和菓子を生み出したりと、けったいな不思議議能力を持っている。

朝倉《あさくら》 音夢《ねむ》

幼いころに両親を亡くし、朝倉家に引き取られた。純一と同い年だが、戸籍上は妹になっている。学校の風紀委員を務めるなどしっかりしているが、実はお兄ちゃん大好きな甘えん坊。

芳乃《よしの》 さくら

純一のいとこで幼なじみ。イギリス人で自称魔法使いの祖母の血を引いている。両親と外国で暮らしていたが、間違った日本観を持って帰国。うたまるという、変な仔猫を飼っている。

天枷《あまかせ》 美春《みはる》

　純一と音夢の後輩。幼なじみでもある。バナナが大好物で、いつも無邪気で元気。にこにことなついてくる姿は、まさに『わんこ』。学校の風紀委員を務める。

白河《しらかわ》 ことり

　音夢のクラスメート。美人で成績優秀。誰にでも親切でやさしいという、絵に描いたような学園のアイドルで、話してみると、意外と茶目っ気がある。犬嫌い。

杉並《すぎなみ》

　純一の親友（悪友？）。学園一の秀才にして問題児でもある。スポーツも万能なのに、あまりに言動が奇怪なために、女のコにはもてない。でも根はいいやつ。

目次

プロローグ

桜の花びらが舞っていた。

星ひとつない夜空から、桜色の花びらがひらひらと音もなく落ちてくる。辺り一面は、雪のように降り積もった桜色の花びらに覆われていた。

周囲を見渡しても遠くの風景がぼやけていて、まるで終わりというものがない世界のようだ。そして、その世界には、狂ったように桜の花びらが舞っているだけで、誰《だれ》の姿も見あたらない。

――これは誰の夢だろう？

当事者がいない夢というのもめずらしい。

朝倉純一《あさくらじゅんいち》は、足下に積もった花びらをさくさくと踏みしめながら辺りを眺めた。

他人の夢を見（せ）られる。そんな不思議な能力を持つ純一は、今日も誰かの夢の中へと迷い込んでいた。まるで超能力や魔法のようだ……と喜んでばかりはいられない。

一般には、特殊な能力を持つ者は格好いいように思わ

れがちだ。どんな能力でも、ありきたりよりは救いがある……と。

——だが、決してそんなことはない!!

純一は常々、声を大にして言いたかった。特に、自分の能力に関しては断言できる。

他人の夢ほど面白《おもしろ》くないものはない……と。

元々、夢などというものは、あやふやで支離滅裂なものである。ましてや、他人の夢などまったく理解不能だ。説明不足のラブロマンスや冒険物語を見せられても面白いはずがない。

そんな能力など、単に安眠妨害以外のなにものでもなかった。

——それにしても……。

純一は、この夢の世界で自分が自分として存在していることを不思議に感じていた。

普段はテレビや映画を観《み》るかのように、第三者としての視点で夢を見せられることが多いのだが、今回は登場人物のひとりとして夢の中に存在しているらしい。

——つまり、知人の夢ということか。

純一と日常的に接している……あるいは知っている人物の夢なのだろう。

そんなことを考えながら、なにかに導かれるように桜並木の中を歩いていた純一は、不意に目の前が開けたことに気付いて足を止めた。

そこには、まるで桜の王様のような巨大な樹《き》がある。

――この樹は……。

その樹は見る者の心を揺らす、不思議な雰囲気《ふんいき》を纏《まと》っている。ジッと見つめていると目の奥が熱くなり、声を失ってしまうほど張り詰めた空気が辺りを覆っていく。

リリン――。

かすかな風に乗って、どこからか鈴の音が聞こえてくる。

その音が、純一の脳裏に遠い昔の記憶を蘇《よみがえ》らせた。

概視感《きしかん》に似た感覚に誘われ、純一は無意識のうちに桜の花びらを踏みしめながら、桜の樹の反対側へと歩いていく。

――え?

最初にいた場所のちょうど反対側には、樹の幹《みき》の根元に小さなくぼみがある。

純一が驚いたのは、そのくぼみの中に小さな女の子が背を丸めるようにして眠っていたことであった。聞こえて来たのは、その女の子が猫のように首につけた鈴。

純一の気配に気付いたのか、少女はうっすらと目を開けて呟《つぶや》いた。

「おはよう……お兄ちゃん」

それは、そう……冬の終わりと、春の訪れを迎える前の夢。

この時点では意味のない――ダ・カーポのような、始まりと終わりの夢。

第一章　日常の風景

「おはようございます、お兄ちゃん」

「んんっ……」

耳元で囁《ささや》かれた声に、純一はゆっくりと目を開いた。

朝の日差しがカーテンの隙間《すきま》から差し込んでおり、部屋の中は眩《まぶ》しいくらいに白い。

——あれ？

純一はふと誰《だれ》かの気配を感じて、ぼんやりとしたままの目を自分のすぐ隣に向けた。

そこには何故《なぜ》か、妹の音夢《ねむ》がまるで添《そ》い寝《ね》をするかのように横たわっており、覚醒した
ばかりの純一の顔を間近で覗《のぞ》き込んでいた。

しかも、素肌の上にシャツだけを羽織った扇情的《せんじょうてき》な姿で……だ。

「なに……してるんだ？」

「先に目が覚めたから、お兄ちゃんの寝顔を見つめていたの」

音夢は、そう言って純一を見つめた。思わずクラッとなってしまいそうな自分を叱咤《しった》し
て、純一はごくごく当然の疑問を口にする。

「そうじゃなくて、どうしておまえがここで寝てるんだ？」

「どうしてって……いつも一緒に寝てるじゃない」

音夢はクスクスと笑うと、

「もう、お兄ちゃんったら、ボケボケさん」

と、純一のおでこを軽く指で弾《はじ》いた。

――いつも一緒に寝てる？

純一は思わず首を捻《ひね》った。もちろん、そんな習慣などあるはずがない。この年になって、妹と同じベッドで寝るなんてあり得ない話だ。

しかも、音夢は血の繋《つな》がらない義理の妹なのである。毎日、そんな美味《おい》しい状況に置かれて、純一が自分自身を制御できるわけがなかった。

「ねえ、お兄ちゃん」

事情が分からずに狼狽《ろうばい》する純一を余所《よそ》に、音夢はそっと顔を寄せて瞳《ひとみ》を閉じる。

「いつもの朝の挨拶《あいさつ》……して」

「え……」

状況から察するに、音夢がキスを求めていることは明白だ。

純一は、思わず身を引いてしまった。

――もしかして、これも夢なのか？

ついさっきまで見ていたはずの夢を思い出し、なんだか混乱してしまいそうであった。

だが、この状態が現実であるはずがない。

両親が海外赴任しているために、ずっと音夢とふたりの生活を続けてはいるが、これほどの仲になった覚えなどないのだから。

だとすると……。

——そうだ、これも夢に違いない。

純一は、ごく当然の結論に達して、ひとりでウンウンと頷《うなず》いた。

夢だと分かれば、もはや恐れるものはなにもない。据《す》え膳《ぜん》食わぬはなんとやら……とも言うし、ここはありがたく頂戴《ちょうだい》することにした。

「つーわけで、いただきます」

「はい。ごちそうさま♪」

ゴスッ——。


「ふぐっ⁉」

唇に硬い感触を感じ、純一は今度こそ本当に目を覚ました。

「おはよう、兄さん。今日もいい天気だよ〜」

声のする方に顔を向けると、ベッドの横に立っていた音夢が、楽しげな表情を浮かべて純一の顔を覗き込んでいる。

もちろん、夢とは違い、シャツ一枚ではなく制服姿だ。

「……ガキガキガキガキガキガキ……ガキ？」

やっぱり夢か……と、言ったはずだったが、口から発せられたのは不可解な奇音。

それもそのはず、純一は何故か目覚まし時計を咥《くわ》えていたのだ。

「美味しい？」

「……美味しいわけないだろっ」

時計を吐き出してそう叫ぶと、純一はガクガクする顎《あご》をさすった。

毎朝起こしてくれるのはいいのだが、音夢の方法は声を掛《か》ける程度では終わらず、段々と過激になって来ているようだ。

もっとも、それだけ純一が生半可な方法では起きないということなのだが……。

「目覚ましを掛けているくせに、なんで毎朝毎朝こうなるかな？」

「うむ……それはたぶん、時計が勝手に止まるせいだろう」

「兄さんが自分で消しているんですっ」

音夢は断定するように言うと、ハアーッと溜《た》め息《いき》を吐《つ》いた。

「兄さんがいつも遅刻寸前……なんてことがお義父《とう》さんたちに知れたら、留守の間のことを頼まれている私《わたし》は立場ないじゃない」

「大丈夫だ。寸前であって、遅刻は少ない」

純一は音夢を軽くいなすと、ベッドから起き上がって窓辺のカーテンを引いた。

途端、朝の日差しが室内を白く変える。

「じゃあ、早く着替えて下りて来てくださいね」

「待て、音夢」

「なに？」

純一が呼び止めると、部屋を出て行こうとした音夢はドアノブを握ったまま振り返った。

「朝の日課がまだだ」

「えっ、いいよ……今日は大丈夫だから」

音夢は躊躇《ためら》うような表情を浮かべた。

「つべこべ言わずに、さっさと済ますっ」

「う〜っ」

少し語気を強めると、音夢は抵抗するように小さく唸《うな》り声を上げたが、純一が引き下がりそうにないと悟《さと》ったのか、やがて仕方ないという表情で戻って来た。

純一は音夢が近寄ってくると、手を引いて間近まで引き寄せ、肩の上にそっと手を置く。

ふたりの距離は急速に縮まり、互いの吐息を感じるまでになった。

「いいか？」

「……うん」

音夢が頷くのを確認すると、純一は彼女の後頭部に手をまわして顔を寄せていった。

ゴツッ――‼

「いたた！」

「……うん、いつも通りの微熱かな」

「うう～、どうして熱を測るだけなのに、いつも頭突《ずつ》きになるの？」

熱を測り終えた純一が顔を離すと、音夢はぶつかった額をさすりながら呟《つぶや》く。

「ねえ、もうこれ体温計にしようよ」

「身体《からだ》が弱いくせに、体温計の表示を誤魔化す癖《くせ》がなおったらな」

「むぅ～」

「じゃあ体温計でもいいが、おまえがちゃんと測ってるか、ずっと見ててもいいんだな？

シャツの上のボタンをはずして、首元から中に手を差し入れるところまで全部だぞ？」

「うわっ⁉　そんな説明しなくていいよぉ」

その情景を思い浮かべたのか、音夢はパッと頬《ほお》を染めた。

「……俺《おれ》だって恥ずかしいんだからあきらめろ」

純一はそう言いながら、音夢から視線を逸《そ》らした。

普段はそれほどでもないのだが、今日はさっきまで見ていた夢の内容を思い出し、なんだか妙に意識してしまったのだ。

だいたい、普通は逆だろう……と純一は思う。学校を休みたくて熱を誤魔化すのなら分かるが、音夢の場合は熱がないように見せ掛けるのである。

「とにかく、早くしないと遅刻しますからね」

音夢は話を打ち切るかのように言うと、今度こそ部屋の外へと出て行った。

リリン――。

ドアを閉める時、いつも音夢が身につけている鈴の音が聞こえた。


「鍵《かぎ》閉めたか？」

「うん」

「じゃ、行くか」

家を出ると、純一は音夢と共にのんびりと歩き出した。

今日はいつもより早く起きることができたために、それほど焦《あせ》って登校する必要もない。

純一たちが通う風見《かざみ》学園までは、歩いて約十五分ほど。

現在の時間からすれば、かなりの余裕がある。

「こうやって、兄さんと並んでゆっくり歩くの、何日かぶりだよね」

音夢はスキップするように純一の前にまわり込むと、なんだか嬉《うれ》しそうな表情を浮かべながら振り返った。

「そうだな……三日ぶりかな？」

純一は指折り数えてみた。つまり、それだけ起こされても起きず、音夢に見捨てられてしまう日が多いということだ。

「もう、本当にだらしないんだから」

音夢はブツブツと文句を言ったが、言葉ほどには非難めいた様子はない。

「しかし、なんだな……」

話を変えるつもりで、純一は宙を舞う花びらに視線を移した。

わずかな風の流れに乗って、窒息《ちっそく》してしまうのではないかと思うほどの花びらが、ふわふわと辺りを漂っている。

「一年中咲いている桜ってのも、変わってるよなぁ」

幼い頃《ころ》から見続けていたために、さほど不思議には感じなくなってしまっているが、常識から考えるとかなり異常なことである。

純一たちが住む初音島《はつねじま》——。

本州からほんの少しだけ離れた位置にある三日月型をしたこの島は、別に気候が並はずれて温暖というわけでもない。そろそろ春の兆《きざ》しが訪れようとはしているが、まだまだ寒い日が多いほどだ。

にもかかわらず、この島では、何故か桜が見事な花を咲かせているのである。

それも一年中……暑かろうが寒かろうが関係なしだ。

この奇妙な現象を探ろうと、多くの科学者たちが島に調査にやって来たが、未《いま》だに原因は不明のままであった。

「私は好きだけどな。綺麗《きれい》で」

音夢はそう言って、ひらひらと落ちてくる花びらを手で受け止めた。

「掃除が大変だけどな」

「もう、情緒がないなぁ」

音夢はプッと頬を膨らませたが、その情緒の掃除のために、かなりの労力と資金が使われているのも事実なのである。

「よう、朝倉兄妹」

ふいに背後から掛けられた声に振り返ると、クラスメートである杉並《すぎなみ》の姿があった。

「あ、おはよう、杉並くん」

「あ〜、かったりぃ」

明るい声で挨拶する音夢とは対照的に、純一は空を仰《あお》いで溜め息を吐いた。朝から悪友

第一章　日常の風景

の典型ともいえる杉並の顔を見て、なんだかドッと疲れてしまったのだ。

「お、朝倉、朝から絶好調だな」

「……おまえは、これのどこが絶好調なように見えるんだ？」

「なに、いつも通りということさ」

杉並はそう言って、ポンポンと純一の肩を叩《たた》いた。

——世の中間違ってるよな。

純一は、この悪友を見る度につくづく思う。

この軽そうなノリを持つ男が、どういうわけか学園一の秀才なのである。おまけに運動もできるし、特に球技全般は並はずれて得意のようだ。

もっとも……妙な性格のおかげで女生徒にはあまり人気がない。

これで女にモテるさわやかな男なら、とっくに友達を辞《や》めていたかもしれないが。

「ところで朝倉」

その杉並が、思い出したように純一に言った。

「今日は転校生がくるそうだが、知っているか？」

「ああ、そうらしいな」

先日あたりから噂《うわさ》になっていたが、どうやら帰国子女が学園に編入してくるらしい。

女の子だという話だが、純一たちのクラスではないようなので、それほど詳しく知っているわけではなかった。

「休み時間にでも、そのウワサの帰国子女とやらを見に行こう」

「は？」

杉並の提案に、純一はもとより、黙って話を聞いていた音夢までが驚いたような表情を浮かべて声を上げた。

「なに驚いてるんだ朝倉兄妹？」

「いえ……杉並くんが、そういうミーハーなイベントに興味を持っているなんて、知らなかったから」

音夢は取り繕《つくろ》うように微笑《ほほえ》んだが、純一もまったく同感であった。

転入生が女の子と聞いて、他の男子が動き出すのは目に見えていたが、普段、あまりこの手のことに興味を示さない杉並にしては意外なことだ。

「いやな……卒業間近に転入してくるなんて、なにか陰謀の匂《にお》いがするだろう？　特に帰国子女というあたりが怪《あや》しいと思わないか？」

「……はぁ」

返す言葉が見つからず、音夢は曖昧《あいまい》に頷いた。

一体、学園の中で、どんな陰謀を張り巡《めぐ》らせるというのだろうか。

「陰謀はともかく……見に行くだけなら構わないぞ」

話が妙な方向へ行かないうちに、純一は妥当なところで折り合うことにした。

まったく興味がないというわけではなかったし、相手が女の子というのならば、見てみる価値はありそうだ。もっとも、転校生と恋に落ちる……などという展開は、現実的に考えて期待できそうにもないが。

「可愛《かわい》い女の子だったらいいんだけどな」

「なんだ、可愛い女の子を見たいだけなら……」

杉並は隣を歩く音夢を指差した。

「いや……この場合、音夢は論外だろう」

「なにがです？」

同じように登校してくる顔見知りと挨拶をしていたために、純一たちの会話を聞いていなかったらしく、音夢は首を傾《かし》げて訊《き》き返して来た。

「朝倉妹よ、残念だが朝倉兄は、おまえのことを可愛くないと分類するそうだ」

「……ふーん」

誰もそんなことは言っていないだろう……という反論の言葉は、音夢の鋭い怒りの視線で言葉にすることができなかった。

「まあ、私なんて可愛くもなんともない、ただの目覚まし代わりのお節介な妹ですから」

口元を歪《ゆが》めて笑みを浮かべる音夢。

純一の経験上、この冷笑が一番怖《こわ》いのだ。

「いや……音夢は可愛いです。そりゃ、もう、妹にしておくのがもったいないくらい」

「泣くほど嬉しいか朝倉！」

必死になって言いわけの言葉を口にする純一の肩を、杉並がパンパンと叩いた。


「あ……」

学園に到着した純一たちが教室までの廊下《ろうか》を歩いていると、音夢が不意になにかを感じたように足を止めた。

「どうしたんだ音夢？」

「あ、いえ……なんだか先ほどから、嫌な雰囲気《ふんいき》を感じるというか」

「電波の受信がよくないんじゃないか？　それなら屋上に行ったほうがいいぞ」

純一はそう言いながら、音夢の頭にぴょんと立っている髪を指差した。

「これはテレビのアンテナじゃありません！」

「じゃあ、なんだって――ん？」

そこまで言い掛けた純一は、廊下の先がやけにガヤガヤと騒がしいことに気付いた。

「……なんだろうな？」

「さあ……」

純一たちは、思わず顔を見合わせた。ちょうど純一たちの教室の手前あたりに、主に女生徒を中心とした人だかりができているのである。

「やだ、可愛すぎるよ～。お嬢《じょう》ちゃん、このお菓子食べる？」

「こっち向いて～」

「うにゃ、わわ!?　ひっぱるな～っ！」

どうやら人だかりの中心には女の子がいるようなのだが、背が低すぎるために、突き上げられた手がかろうじて見えるだけだ。

「もしかして、あれがウワサの転入生かな？」

「みたいだけど……すごい人気だな」

わざわざ休み時間に見に行くまでのことはなさそうだ。

だが、男子生徒が集まっているというのなら分かるが、何故女の子を相手に女生徒たちが群れをなしているのかが理解できない。

「どいて～！　どけや～っ!!」

人だかりの中心から、転校生らしき女の子の声が聞こえてくる。どうやら、もみくちゃにされて、身動きすらできないようだ。

「……ん？　どっかで聞いたことがあるような声だな」

「あれ、兄さんも？」

純一が首を捻ると、音夢も眉根《まゆね》を寄せて考え込んでいる。

「なんだろう……この、聞くと反射的に逃げたくなる声は？」

「おい、ふたり共、ぼさっとしてると巻き込まれるぞ」

小首を傾げていた純一は、杉並の声にハッと顔を上げた。

人だかりが徐々に移動し始めている。人の波をかき分けて、中心にいた転校生が脱出しようとしているのだろう。

「あ、ああ……」

純一が音夢を誘って廊下の端に寄ろうとした時。

人垣の中から、懐かしい顔がひょこりと飛び出して来た。

「あ⁉　さくらんぼッ⁉」

純一は思わず声を上げた。

そこにいたのは、幼い頃によく一緒に遊んだ幼なじみの従姉《いとこ》であった。

「お兄ちゃん⁉」

相手の少女も純一に気付いたらしく、驚いたような表情を浮かべている。

だが、その顔を見た純一は、昔の記憶と現在の状況がゴチャゴチャになり、なんだか立ちくらみがしそうであった。何故なら、目の前にいる幼なじみの少女は、昔の――六年前の記憶そのままの姿をしていたのである。

「やっぱり、お兄ちゃんだ～♪」

少女は、パッと風を切るほどの勢いで駆け寄ってくる。そして、そのまま純一に飛びつこうとしたのだが……。

ビシッ——！

押し止《とど》めるかのような音夢の掌底が、見事なカウンターとなって少女の額に決まった。

「……痛い。痛いよ、音夢ちゃん」

「あっ⁉　ごめんごめん、なんだか身体が勝手に……」

「いや、待てっ」

純一は、音夢を押し退《の》けて少女の前に出た。

「おまえ……本当にさくらんぼなのか？　妹とかじゃなくて？」

「あ、懐かしいねぇ、その呼び方」

少女はニコニコとした笑みを浮かべて純一を見た。

——そんなバカなっ⁉

本気で眩暈《めまい》がして来た。この成長期に考えられないことだが、少女の大きさは、別れた時とまったく同じなのである。

「この未知の生物は知り合いか？　朝倉兄妹」

黙って展開を見つめていた杉並が、ひとりマイペースな口調で尋ねた。

「……俺はロリコンじゃないぞ、杉並」

「兄さん、現実逃避しないで。間違いなく、さくらちゃんだよ〜」

混乱しているのは音夢も同じらしい。なんだかおかしな表情を浮かべたまま、純一の上着の袖《そで》を引っ張っている。

——そうか、さくら……芳乃《よしの》さくらだ。

咄嗟《とっさ》に愛称しか出てこなかったが、純一はようやく少女の名前を思い出した。

「し、しかし……いくらなんだって現実的にコレはありえない大きさだ」

純一はそう言いながら、少女——さくらの頭にポンと手を置いた。さくらの身長は、肘《ひじ》掛《か》けにちょうどいい高さに頭がある程度しかないのだ。

「人の身体的な特徴をけなすの嫌い。……でもお兄ちゃんは好き♪」

さくらは、純一の腰……というか、股《また》の辺りにギュッと抱きついて来た。

「お、おい!!　ふざけるのはよせ。おまえは何者なんだっ!?」

「ボクはボクだよ〜」

純一の言葉に、さくらは不満げな声を上げる。

「証拠でもあるのか？」

「ん〜っと、今はなにも持ってないけど……。あ、ふたりだけの秘密でね、昔お兄ちゃんが女の子のスカートの中……」

純一は慌ててさくらの口を塞《ふさ》いだ。

なんだか誘拐犯《ゆうかいはん》になったような気分であったが、この先を遠巻きに見つめている女生徒たちに聞かせるわけにはいかなかったのである。

――間違いない。

信じられないことだが、この少女は同じ年の幼なじみとしか考えられなかった。


昼休み――。

購買で買った月見特盛りうどんを手に食堂を歩いていると、

「兄さん！」

先に来ていた音夢が、遠くの席で手を振っているのが見えた。

「なに食ってるんだ？」

音夢が座っている席までくると、純一はその向かいに腰を下ろしながら、彼女の手元を覗き込んだ。

「ん。野菜サンドと烏龍茶《ウーロンちゃ》」

「それだけ？　ちゃんと食わないと身体がもたないぞ」

「あんまりお腹空《なかす》いてないから」

てへへ、と音夢が上品にサンドイッチを齧《かじ》る。

「だから胸も大きくならないんだな」

「……兄さん、よほど叫びたいらしいわね」

音夢は純一の足の上に自らの足を重ね、いつでも体重を掛けられる体勢を取った。

「分かった。ごめん、まいった」

純一は降伏の言葉を口にすると、うどんに手を伸ばした。

そのままズルズルとうどんを食べ始めても、音夢はぼんやりとした表情を浮かべ、遠い目をして純一の顔を眺めている。

「……どうかしたのか？」

「ん〜、さくらの姿を見たからかな。ふと昔のことを思い出しただけ。自分はどんな子だったかなぁ……なんてね」

「泣き虫」

「ですから、そういうふうに一言で片付けると、身もフタも鍋《なべ》まで残りませんでしょうが」

「どんなってなぁ……」

音夢との思い出といえば、やっぱり強烈に覚えているのは泣いている姿なのだ。

「確かに、寒かったり寂しかったりすると、よく兄さんと一緒の布団《ふとん》で——あぅ！」

「……ばか」

純一は慌てて周囲を見まわし、誰も聞いていなかったことを確認する。いくら兄妹であっても、下手《へた》に聞かれると妙な誤解をされかねない。

「ごめんごめん。……でも、覚えてるのって、兄さんのことばっかりなんだよね」

「俺のこと？」

「うん。一緒にご飯食べたり、自転車に乗れるように練習手伝ってくれたり、迷子だった私を見つけてくれたり」

「はぁ、そんなによく覚えてるな」

なんだか妙に気恥ずかしくなり、純一は視線を逸らしながら溜め息を吐いた。

「でも、兄さんまでこっち来ちゃっていいの？」

「いいのって……なにが？」

「さくらのことよ。せっかく再会したっていうのに可哀想《かわいそう》じゃないかな？」

「ほうか？」

再びうどんを頬張りながら、純一はわずかに首を傾げた。

「そうだよぉ。せっかく私が気を遣《つか》ってあげたのにさ」

「なんに気を遣ってたんだ、おまえ？」

「ん……あっ、いや、なんでもないですよ～だ！」

音夢はプッと頬を膨らませた。

「まあ、あいつが本当にさくらんぼなら、別にこっちが行く必要なんてないさ」

「どういうこと？」

丼《どんぶり》を口元に寄せ、ずずず、と汁を飲み干した後、

「どうしてか、かくれんぼでアイツに勝てたためしがないんだ」

あんな風に……と、純一は食堂の入り口を指差した。

そこでは、さくらが大勢の取り巻きを引き連れ、きょろきょろと辺りを見まわしているところであった。

「もうっ、ボクはお兄ちゃんを捜しているだけで、そんなのいらな——うきゃ〜！」

餌付《えづ》け感覚なのだろうか。さくらに食べ物をあげようと、皆が自然と寄りそって来て、巨大な人の渦を形成している。

「卒業間近だってのに、これから大変だね」

残ったサンドイッチを無理やり口に詰め込むと、音夢は意味深な瞳を純一に向けた。


授業を終えた後、杉並につき合って商店街をぶらついていた純一が帰宅すると、先に帰っていた音夢が居間のテーブルで頭を抱えていた。

「ただいま……って、どうしたんだ？」

具合でも悪いのだろうか、と純一が後ろから覗き込むと、音夢は難しい顔をして家計簿《かけいぼ》とにらめっこをしていた。

「おかえり。うーん、今月も赤字かぁ……」

「マメだな……別に管理しなきゃならないほど、うちには金はないんじゃないか？」

「お金のあるなしにかかわらず、つけるものなんです」

音夢はそう言って、再び家計簿に視線を落とした。

「もう少し節約しないとだめかなぁ。お義父さんたちにも悪いし」

音夢が手にしていたボールペンを放り出し、ソファの上でごろりと横になるのを見ながら、純一はキッチンにある冷蔵庫から牛乳を取り出した。

「別に気にする必要はないだろう。必要経費なんだし」

「そうだけど、やっぱ無駄遣《むだづか》いは控えないとね」

牛乳の入ったコップに口をつけながら純一が戻ってくると、音夢はなにかを思いついたようにガバッと起き上がった。

「ねえ、兄さんのお小遣い減らしていい？」

「ぶほっ……!!」

純一は、危うく牛乳を噴出しそうになった。

「ダメだ、絶対ダメ!!　生きていけなくなるだろうっ」

「大丈夫よ。食費の分まで減らしたりしないから」

「ダメったらダメだ」

「ぶ～」

あくまで拒否すると、音夢はふてくされたような声を出して頬を膨らませた。

「う～ん……やっぱ自炊《じすい》をするしかないのかなぁ」

音夢の呟きに、純一はギクリと動きを止めた。

——それだけは勘弁してくれっ!!

現在、朝倉家の食事は、ほとんどがコンビニ弁当か出前になっている。不経済きわまりないことなのだが、自炊した場合には色々と問題があるのだ。

その一番の原因は、なんといっても音夢の料理の腕にあった。音夢は、その他の家事は一通りなんでもこなすのだが、何故か料理に関してだけは不得意なのである。

簡単に言ってしまえば、彼女の作るものは死ぬほどマズイのだ。

特別な材料を使っているわけでもないのに、どうしてあれほど凄《すさ》まじい味になってしまうのか不思議なほどである。

ならば代わりに純一が作ればいいのだが、毎日キッチンに立つほどマメではないし、材料費のわりにはマズイと音夢には不評であった。

かくして、朝倉家のエンゲル係数は上昇の一途を辿《たど》っているのである。

「はぁ……ホント、どうしよう……」

家計簿に並ぶ赤い文字を見つめながら、音夢は首を左右に揺らして肩を掴《つか》んだ。

「疲れているみたいだな」

「ん～、まあ、最近はちょっと身体がだるい感じがするけどね」

「あまり無理するなよ。テストが近いから、夜とかも勉強しているんだろう？」

話題を家計の話から逸らすことが目的で声を掛けたのだが、具合が悪そうな音夢を見ていると、なんだか本当に心配になって来た。

身体があまり丈夫ではないくせに、強がることが多いのだ。

「ふむ……」

カバンを置いて制服の上着を脱ぐと、純一は音夢の背後にまわり込み、そっと手を伸ばして彼女の肩に触れた。

「あっ⁉」

ビクッ、と面白《おもしろ》いくらい音夢の身体が震える。

「ちょ、ちょっと兄さん、そういう悪ふざけは……」

「いいから」

「あ！　ダメ、ダメッ、許して！」

音夢は身体を丸めて逃げようとするが、それほど強い抵抗はみせなかった。

「こんなに硬くなってるのに、気持ちよくないのか？」

「へ、へんなこと……っく……言わな、あっ！」

「気持ちいいのはここか？」

微妙に指の位置をずらして刺激を強くする。

「あっ、ジンジンする……やめ、やめて兄さん」

感じるところに当たっているのだろう。純一の手に、音夢は反射的に自分の小さな手を重ねて来た。

「ほら、変に動くと上手《うま》くいかないだろうが。大人《おとな》しくしてろよ」

「ん……あ……はぁ、はぁ」

「この窪《くぼ》んでるところの、ちょっと上の辺りがいいのか？」

「あっ……も、もうちょっと弱く……ん、そう」

たまらなくなって来たのか、音夢の身体が徐々にソファへと沈み込んでいく。その身体を逃さないように、純一も前屈《まえかが》みになりながら揉《も》み込みを続けていった。

「あ、そこ……あ、ダメ……いいっ！」

「変な反応するなっ」

スパンッ!!と、純一は音夢の頭を叩いた。

「痛っ⁉　なにするのよぉ」

「肩を揉んでいるだけなのに、その反応はなんだ⁉」

「あぅ……だって、本当に気持ちよかったんだもん」

音夢はそう言って唇を尖《とが》らせると、襟元《えりもと》をパタパタと引っ張って、火照《ほて》ってしまった身体に風を送り込み始めた。その上気してピンク色に染まった肌を見ていると、なんだか純一の方まで火照ってきそうである。

「ねえ……兄さん。またやってね」

「お、おう」

上目遣いで見つめてくる音夢の姿に、純一の胸の鼓動《こどう》が速くなっていった。

なんだか、自分の方が肩が凝《こ》りそうだ。


赤字がどうのと言いながら、結局、夕食はいつもの出前になった。

先に食べ終えた純一はお茶をすすっていたが、音夢はお気に入りの青春ドラマが始まっていたために、食べることも忘れて画面に集中している。

「……またドラマか」

「もぅ、いいじゃない。これだけが楽しみなんだから」

音夢はうるさそうに文句を言ったが、その間も視線は画面に釘付《くぎづ》けだ。

他にこれといった趣味のない音夢だが、テレビドラマにだけは目がない。他に用事のある時などは、ビデオ録画してまで観《み》ているほどだ。

「安上がりなやつ」

一緒に観るのもかったるいので、純一は二階にある自分の部屋に戻ることにした。

――あのご都合主義な話のどこが面白いんだか。

そんなことを考えながら階段を上り、自分の部屋のドアを開けた途端。

「はよ～ん♪」

「…………………」

一瞬、目の錯覚かと思った。

窓際《まどぎわ》にあるベッドの上に、ひとりの女の子――さくらがちょこんと座っていたのだ。

「お、おまえ……どこから不法侵入したんだ？」

「普通に入って来たよぉ。桜の樹《き》を伝ってあそこの窓から。ちゃんとノックもしたよ？」

さくらはベッド上にある窓を指差した。

「それは全世界どこでも不法侵入だと思うぞ」

純一は溜め息を吐くと、ベッドの上に座っていたさくらの襟首をつまんで、机《つくえ》の前の座布団に下ろした。

「うにゃ。お兄ちゃんがいいって言ったんだよ」

「ああ……でも、それは子供の頃の話だろうが」

隣にあるさくらの家の庭から純一の部屋の窓まで、大きな桜の樹の枝が伸びている。

確かに、そこからさくらが遊びにくるのを容認していた気もするし、夜中までこっそりと遊んでいたこともあったが、それは幼い頃の話……もう六年も前の話だ。

「この年になって、異性の部屋に気軽に入ってくるのは色々とまずいだろう」

「あっ、えへへへ。ちゃんとレディとして見てくれてるんだね」

さくらはスカートの裾《すそ》を軽く持ち上げて微笑む。ついつい、その持ち上げられたスカートの裾に目がいってしまいそうになり、純一は慌てて首を振った。

「違う、礼儀の問題だ。それよりもなにをしに来たんだ？」

「もちろん、帰って来た挨拶だよ」

「そんなの……学校でさんざん騒いでただろう」

「まだ、ちゃんと引っ越しの挨拶もしてなかったんだも〜ん」

さくらはそう言うと、いきなり左膝《ひだりひざ》をついて、右の手のひらを純一に向けた。

「お控えなすって！　手前、遠くアメリカからやって参りました、芳乃さくらという不束《ふつつか》な者です。これから先、同じ町内で肩を寄せ合う同胞として、ケジメをつけさせて頂きたく参りました」

「…………は？」

「って、引っ越しそばを持って来なきゃ、やっぱり締まらないね」

あまりのことに呆然《ぼうぜん》としてしまった純一を見て、さくらは、てへへと頭を掻《か》いた。

「そういう問題じゃねぇだろうがっ」

「だって、義理と人情を秤《はかり》に掛けりゃ、義理が勝つのがこの世の掟《おきて》──って言うでしょ」

なんだか頭がクラクラしそうだ。子供の頃から勘違いした任侠道《にんきょうどう》を貫いていたが、海外に行って余計な拍車が掛かったらしい。

「おまえ……ちょっと日本の名物を言ってみろ」

「そんなの根っからの日本人であるボクには愚問《ぐもん》だよ！」

「いや、いいから」

「んーと、スシ、テンプーラ、フジヤマ〜……」

「日本なめてんのか、てめぇ」

指を折りながら日本の名物を口にするさくらに、もはや細かく指摘するのも面倒になった。勝手にしてくれ……と、純一は溜め息を吐く。

「で、用件はそれだけか？」

「う～ん、そだね。とりあえずこれからも、よろしくお願いしますということで」

座布団に正座し直すと、さくらは三つ指をついて頭を下げた。

「それだけでいいんだよ」

後は玄関から入って来て、片膝つかないで、普通に挨拶できれば問題ない。

「えへへへ。そうそうお兄ちゃん、今でもあそこの鍵を直さないでいてくれたんだね」

「え……鍵？」

「あの窓、六年前から鍵が壊れっぱなし」

と、さくらは窓を指差した。

そういえば、音夢が無用心だから何度も直そうと言っていたのだが、なんとなく放ったらかしになっていた。

「別に……ただ面倒だっただけだ」

「にゃはは、そういうことにしておいてあげるよ」

純一がぽつりと呟くと、さくらは意味ありげな表情を浮かべて笑った。

「勝手にしろ」

「うん。勝手にするよ。ボクは勝手に遊びにくるから……」

さくらは座布団から立ち上がると、ベッドのそばまで行って窓を開けた。どうやら来た時と同じように、窓から帰るつもりなのだろう。

「おまえ……引っ越して来たって、やっぱり隣のばあちゃん家《ち》か」

「うん、他に帰る場所がないしね」

さくらはそう答えると、ふと思い出したように純一を振り返り、

「ね、今でもアレできる？」

と、ニパニパと手を閉じたり開いたりしてみせた。

「ん……ああ、これか？」

純一は手を軽く握りしめて、適当な和菓子——饅頭《まんじゅう》を思い浮かべる。すると、なにもなかったはずの手のひらに、思い浮かべた通りの饅頭が現れた。

他人の夢を見せられるという能力以外に、純一が持つもうひとつの力。それは無から和菓子を生み出せるという不思議な能力だ。

生み出せるのは和菓子だけだし、自分の中のカロリーを消費して生み出されるため、空腹時にはなんの役にも立たない。あまりにもバカらしいので、音夢にも秘密にしているくらいだが、さくらだけはこの力のことを知っていたのだ。

「ほら、あんこ多めだ」

「うわっ、とと……っ」

生み出した饅頭を投げてやると、さくらは慌ててキャッチした。

「それ食ったら、寝る前にちゃんと歯を磨《みが》けよ」

「もう子供じゃないですよ〜だ！」

その言葉に反して、まるっきり子供の仕草のように、さくらはべーっと舌を出しながら窓の外へと身を乗り出した。

「おい、さくら」

「うにゃ？」

純一は、さくらが枝に乗り移ったのを確認して声を掛けた。

「おかえり」

「あ……えへっ♪　ただいま、お兄ちゃん」

その言葉を残し、さくらの姿は窓の向こうに消える。しばらくして窓辺に寄ると、すでにさくらの姿は見えなくなっていた。

窓から手を伸ばして桜の枝に触れてみる。今の純一が乗ったら、間違いなく折れてしまうくらいの、中途半端な太さしかない。

「あいつ……ホントに変わってないんだな」

枝をしならせてから手を離すと、ふわっと桜の花が散った。

第二章　兄妹の境界線

昼休みを告《つ》げるチャイムが鳴ると同時に、担任の先生でもある白河暦《しらかわこよみ》先生は、黒板に走らせていたチョークを止めて、純一たちの方を振り返った。

「じゃあ、今日はここまで。明日からは卒業パーティの準備に入るけど、なるべく出席するんだよ」

暦先生はそう言うと、出席簿《しゅっせきぼ》片手に教室を出ていく。

——卒業パーティか。

純一は教科書を閉じながら、どうしてこの学園はこうもお祭り好きなのだろう……と、不思議に思った。普通なら学園祭などは年に一度しかないのだが、この風見学園はクリスマスパーティもある上に、卒業式の後にまでイベントを行おうというのである。

それも卒業パーティという名ではあるが、ほとんど小さな学園祭の規模なのだ。

これはクラスや部活など関係なく、各人が好きな催し物を企画できるイベントで、なんでもありの創作発表の場。しかも、催し物の企画に加わるかどうかは各人の自由。なんの企画にも加わらず、純粋に客として参加することもできるのだ。

もちろん……というわけでもないが、純一は最初から不参加を決め込んでいた。

「兄さんは、今回はなにもしないんですか？」

音夢がそんなことを言いながら近付いて来た。昼休みになったので、一緒に学食にでも行こうということなのだろう。

「して欲しいのか？」

「騒ぎしか起こしそうにないので、是非《ぜひ》しないでください」

「だろうな……」

純一は笑顔を浮かべながら、牽制《けんせい》を掛《か》けてくる音夢の額を軽く押した。
一、二年生の時ならともかく、卒業を間近に控えたこの時期に、わざわざかったるいイベントに参加などするつもりはない。言われるまでもなく、自主的に一足先に春休みに入ることに決めていた。
「おまえは風紀委員会の仕事か？」

「ええ、準備をきっちりしておかないと、なにが起こるか分からないしね。当日も遊んでいる暇《ひま》なんてないでしょうね」

純一の手を払いのけながら、音夢はちょっと寂しげに微笑《ほほえ》んだ。

「大変だな」

「今回は、ブラックリストに載《の》っている兄さんがなにもしないだけ楽ですよ」

「でも、俺《おれ》は参加しなくても……」

純一は、音夢の背後からやる気満々の顔をして近付いてくる杉並を指差した。

「パーティがどうかしたのか？」

「……はりきってるな」

「そう見えるか？」

ニヤリと笑みを漏らす杉並の表情は、誰《だれ》が見ても腹黒さを感じるだろう。

この男はイベントとなると、必ずなにかを企んでは主催者側を窮地《きゅうち》に陥れるのを楽しんでいる節がある。クリスマスパーティの時なども、杉並ひとりのために、学園中が大騒ぎになったものだ。

「なにを企画してるのか知らんが、捕まらんようにな」

「フッ……付属最後を飾るに相応《ふさわ》しいものを現在進行中だが、心配はいらん。脱出ルートは既《すで》に確保してあるからな」

「そうか。まあ、どんなルートかは想像もつかないが、たぶんダメだろう」

純一がそう呟《つぶや》いた途端、黙って話を聞いていた音夢がくるりと杉並の方を振り返った。その表情には引きつったような笑顔が浮かんでいる。

「……おっと、そろそろ計画の第二段階に入らねば」

慌ててまわれ右をして、そのまま教室を出て行こうとした杉並の肩を、ニッコリと笑った音夢の手がむんずと捕まえた。

「杉並く～ん」

「や、やあ……朝倉妹ではないか」

「さて、俺は飯でも食いに行くかな」

純一は席を立って大きく伸びをすると、助けを求めるような杉並の視線を無視して、教室の出口へと向かった。


「……もう付属も終わりなんだなぁ」

なんだかんだと言いながら、結局は一緒に食堂へやって来た音夢と杉並を前にして、純一は何気なく窓の外を眺めた。

「テストも終わったから、緊張感がなくなったか？」

「まあな」

「まだ授業は残ってますけど、確かにこの時期は午後の授業とか眠いですよね」

ホットドッグを一欠けだけ口にして、音夢がクスクスと微笑んだ。

純一たちは卒業を間近に控えているが、学園の付属にいる以上は無条件で本校へ進学できる。本校は付属の隣にあるので、入学しても校舎を移るだけだ。だから卒業といってもなんの感慨もなく、後は指を折りながら春休みを待つだけであった。

「あ、そうだ、兄さん」

「なんだ？」

カレーを食べていた純一は、音夢の言葉に顔を上げた。

「今度、掘って欲しいんです」

ガシャン！と、手にしていたスプーンがカレーの中に落ちた。隣にいた杉並も、呆然《ぼうぜん》とした表情で純一と音夢を交互に見る。

「……あ、朝倉、おまえたちはついにその領域まで……」

「ち、違う！　俺は無実だ！」

「どうしたんです兄さん？　あの居間にある鉢植《はちう》えを庭に植えたいんですよ」

衝撃の言葉に動揺する純一たちを余所《よそ》に、音夢はキョトンとした表情を浮かべている。

「朝倉……朝倉妹は自分でなにを言ったのか、分かってないのか？」

「しかし、俺が教えたりしたら犯罪だろう」

「一体、なんのことです？」

「いや……だから、例えばだな」

杉並は音夢の耳元に顔を寄せると、ゴニョゴニョとなにかを吹き込んだ。

「ジュ、ってしちゃう？」

ガチャン！

四人掛けの席なので、もうひとりいた無関係な男子までが動きを止め、手にしていた箸《はし》を蕎麦《そば》の中に落とした。

「しゃぶるってなにをです？」

どんどん過激になっていく音夢の言葉に、純一もせっかく拾い上げたスプーンを、再びカレーの中に落としてしまった。

「だから、なんなんですか？」

次々と硬直していく周りを、音夢は不思議そうに見まわした。この手の知識に疎《うと》いのか、音夢は杉並に吹き込まれた言葉の意味を、まったく理解していないようだ。

——教育方法を間違えたかな。

「ははははっ!!　朝倉妹よ、安心しろ。アイツは喜んでいる！」

「……おまえなぁ」

純一は思わず拳《こぶし》を握りしめたが、音夢の反応があまりにも面白《おもしろ》いので、止《や》めるに止められなくなってしまった。

「では、とっておきを」

「私の○○を△△△△して、□□を奥まで入れて、かきまぜて兄さん？」

「………………………」

沈黙が連鎖して、喧騒《けんそう》に包まれていた食堂がシンと静まりかえった。

「え？　あれ？」

その渦の中心にいる音夢は、わけが分からないという表情を浮かべたまま、キョロキョロと周りを見まわし、ひとりあたふたとしていた。

日曜日。

正午近くになって、純一はようやくベッドから這《は》い出て来た。休日の当然の権利として朝寝を決め込んでいたのだが、少し寝すぎてしまったようだ。

ぼんやりとする頭で着替えを済ませて下の階に下りると、どこかへ出掛けているのか、音夢の姿が見えなかった。

「ん……？」

気付くと、テーブルの上に小さなピンク色のメモ用紙が置いてある。

『兄さんへ。美春《みはる》と遊びに行ってきます』

美春というのは、音夢と同じ風紀委員である天枷《あまかせ》美春のことだろう。

学年はひとつ下になるのだが、小学校の頃《ころ》からのつき合いということもあって、クラスメートと遊ぶより、美春とどこかへ出掛ける方が多いくらいであった。

「日曜日だもんなぁ」

窓の外に目を向けると、よく晴れたいい天気で、久しぶりに暖かそうだ。どこかへ出掛けるには打ってつけの日だろう。

「……俺も散歩でもするかな」

純一はひとりごちると、財布をポケットに入れて玄関へと向かった。どうせ朝食の準備をしていないのだから、ついでになにか食べに行こうと思ったのである。

家を出てブラブラと桜並木を歩いていると、着物を着た女の子が両親に連れられている姿が多く見られた。

——そうか、今日はひな祭りだったたな。

そのためなのか、商店街は普段の休日よりも人通りが多く、どの店も大盛況という感じであった。店の前にはのぼりも出ていて、その多くが食べ物関係である。

ひな祭りケーキ、クッキー、アイス、甘酒……。

商魂たくましいのか、それにつられて集まる女性の食欲がたくましいのか。

別にひな祭りだからって飲み食いしなくてもいいだろうが、やはりこういうことは心理的なものらしい。商店に踊らされていることは十分に理解しながらも、この華やいだ様子を見ていると、なんとなく音夢にもなにか買っていってやろうかという気分になる。

——なにを買うかが問題だな。無難なところでは甘酒だが。

純一は、ふと音夢が甘酒を飲んで酔った姿を思い浮かべてみた。

想像の中の音夢は赤い着物を着ており、酔って乱れて……。

「なにを期待してるんですか、先輩？」

「おわっ！」

ぼんやりと立ち止まっていた純一は、いつの間にか、下から覗《のぞ》き込むようにして自分を見つめていた少女に気付き、驚いて後ずさった。

「な、なんだ……美春か」

「こんにちはです。朝倉先輩」

美春はそう言って、ペコリと頭を下げた。

——ん？　美春がいるということは……。

美春の後ろにいた人物に視線を向けると、案の定、キョトンとした音夢が不思議そうに純一を見つめていた。

「なにしてるの？　兄さん」

「なにって……暇《ひま》つぶしだよ」

「なんだ、暇なら暇って言ってくださいよ。家を出る時から誘ってあげたのに」

「そうですよ。荷物持ちさんは、何人いても足りないのです」

美春は有無を言わせぬかのように、グッと純一の腕を取った。

「いいけど……ふたりはなんの買い物に来たんだ？」

純一がそう尋ねると、美春はチッチッチッと指を振る。

「女の子は、なにかを買う目的なんてなくても買い物するんですよ」

「あんまりお金ないしね」

音夢が苦笑しながら肩をすくめた。

つまりウインドーショッピングというやつらしい。

「音夢先輩は、猫のぬいぐるみや置物見ると、すぐに買っちゃいますからね。美春も、ワンちゃんのが欲しいですよぉ」

——ネコとワンちゃんか。

純一は思わず溜《た》め息《いき》を吐《つ》いた。まったく縁などない、なんだか遠い世界の話のようだ。

「じゃあ、特に持つ荷物もないわけか」

なんとなく映画やドラマみたいに、服をいっぱい抱えた姿というのを体験してみたい気もしたが、考えてみれば学生には無理な話だろう。

「あ、でも音夢先輩は買い物しましたけど」

「こらっ、美春っ!?」

美春の指摘に、音夢は何故《なぜ》か顔を赤らめた。

「じゃあ、持ってやろうか？　なにを買ったんだ？」

「え……その、私《わたし》の靴下《くつした》だよっ、うん！」

純一が訊《き》くと、音夢は慌てて持っていた紙袋を背中に隠した。

「え～、音夢先輩が買ったのはシャツじゃないですか」

「もぅ、黙ってなさいよ、美春っ!!」

「別に隠すことじゃないですって」

「そうだけどさぁ……でも、恥ずかしいよぉ」

「シャツでなにを盛り上がってるんだ、おまえら？」

放っておけば延々と続きそうなやりとりを、純一は呆《あき》れたように見つめた。

音夢はどうやらシャツを買ったようだが、どうしてここまで焦《あせ》った表情を浮かべて美春を黙らせようとしているのか理解できない。

「あ、その……これ実は兄さんに買ったシャツなんですけど、兄さんのシャツの枚数が増えるわけではなくてですねぇ……」

ジッと見つめる純一に、もう隠し通すことができないと悟《さと》ったのか、音夢はしどろもどろになりながらも説明を始めた。

「なんだよ、はっきり言え」

「分かりました！　兄さんのお古は、私がパジャマとしてもらってるんですっ！」

純一が問い詰めると、音夢は思い切ったように白状した。

「俺のお古をパジャマに？」

「だ、だって……新品のシャツってごわごわしてて、パジャマにすると寝づらいんだもん」

「じゃあ、自分で着古せばいいじゃないか」

「その……ダボタボしてるのがいいんだよぉ。……楽だし、そういう映画があって憧《あこが》れてるんだからぁ。でも、兄さん以外の人のなんて着れないから……」

　形勢が不利になったせいか、音夢はどんどん舌足らずな感じになってくる。

「あ、あの、ごめんね。黙って取り替えてて」

　音夢は小さな声で囁《ささや》くように言うと、上目遣《うわめづか》いで純一を見つめた。そんな目で謝られると、文句も言えなくなってしまう。

「まぁ……いいけどさ。ちゃんと洗濯してるよな」

「うん。で、でもね……兄さんの匂《にお》いは残ってるよ」

　頬《ほお》を赤らめる音夢を見ていると、なんだか純一の方まで恥ずかしくなって来た。

　深読みすれば、かなり意味深な行動である。

「さてさて、お邪魔のようだから、美春はひとりでバナナパフェでも食べに行きますかね」

　秘密を暴露してしまう原因となった美春は、音夢の中でくすぶっている恥ずかしさが怒りとなって自分に向け

られないうちに……と、こそこそと背を丸めて離れていく。

だが、そんな美春を音夢が黙って見送るはずがない。

「……もうっ、待ちなさい、美春ッ!!」

「うわぁ、ごめんなさいです」

慌てて逃げようとする美春を、眉《まゆ》をつり上げた音夢が追い掛けた。

「まあ、待てよ。ふたりにひな祭り記念になにか奢《おご》ってやるから」

純一がそう言って仲裁に入ると、ふたりはピタリと動きを止める。

「わっ、わっ、ホントですか、朝倉先輩!?」

「いいの、兄さん?」

「無茶なモノでなければな。そんなに手持ちがあるわけじゃないから」

元々そのつもりだったのだし、なんだか妙な感じになってしまった雰囲気《ふんいき》を払拭《ふっしょく》しようと、純一は努めて明るい表情を浮かべた。

「なににします？　音夢先輩」

「そ、そうねぇ……」

美春に問われ、音夢は少し戸惑う様子をみせた。

「あれ？　音夢先輩、なんかもう欲しいモノが決まってるような」

「ち、違うよ」

「値段が高かったら、美春の分も足してもらってもいいですよ」

「あの、そうじゃなくて……値段は安いの、すごく」

両手の人差し指を合わせながら、音夢はボソボソと呟いた。

──安いのならば、なにが問題なんだ？

音夢らしからぬ様子に、純一は思わず首を捻《ひね》る。

「とりあえず言ってみろよ？」

「う、うん。……えっと美春、ちょっとココで待ってなさい！」

「えぇ!? そんなぁ」

ご主人様に、待て……と、言われたワンコみたいに美春がうなだれた。

──美春に見られるとマズイものか？

純一はあれこれと思い浮かべてみたが、音夢が欲しがりそうなもので、それほど人目を気にしなければならないものなど想像もつかなかった。

「どこに行くんだ？」

「…………………」

音夢は質問に答えず、ギュッと純一の袖《そで》を握って歩き出した。

「仕方ない。美春、ちょっと待っててくれ」

「あうぅ。お土産期待してますよぉ」

純一は美春に軽く手を振ると、ズルズルと音夢に引きずられるようにして商店街を移動していった。どこまで行くのかと思いきや、二分ほど歩いた後、音夢はある店の前でピタリと足を止める。

「……ここか？」

純一が尋ねると、音夢は小さく頷《うなず》いた。

改めて店を見てみたが、なんの変哲もないファンシーグッズの店だ。女の子の好みそうな小物類が、店先にまで所狭しと並べられている。

——これなら、別に隠す必要はないと思うがなぁ。

この手のグッズが好きな女の子は大勢いるのだから、音夢がそういったものを欲しがったとしても不思議ではない。

「で、なにが欲しいんだ？」

「こ……ここ、こ、これ」

音夢が照れながら示したのは、店先で百円の箱に入れられた指輪だった。

「は？」

「……この百円の指輪」

「いや、もっと色々あるだろう？　店の中も見て決めれば……」

「これでいいの」

純一の提案に、音夢は小さく首を振った。

財布の中身を心配しているのかとも思ったが、どうやらそうでもないらしい。音夢の表情を見る限りでは、本気でこの指輪を欲しがっているようだ。

――でも、百円っていうのはなぁ。

確かに安上がりでいいのだが、それではなんだか音夢に悪いような気もする。

「だったら百円のやつは自分で買って、俺には別のものを頼むとか……」

「兄さんに、買ってもらいたいのっ！」

「あ……」

はっきりと言い放つ音夢の言葉を聞いて、純一はようやく彼女の気持ちに気付いた。

――えーと、つまり、そういうことか。

ポッと頬を赤らめる音夢を見ていると、なんだか純一の方まで照れてしまいそうだ。

「こ、これでいいんだな？　じゃあ、指にはまる大きさのやつ選べよ」

「……うん。ありがと」

純一が促すと、音夢は本当に嬉《うれ》しそうな笑みを浮かべて、ジャラジャラと箱を漁《あさ》った。

こういうグッズに詳しくない純一が見ても、箱の中の指輪は作りが粗く、はっきり玩具《おもちゃ》だと言い切れるようなものばかりだ。

ただ、玩具だけに色だけはカラフルで、赤、青、黄、白……と色々ある。

散々迷ったあげく、音夢は最終的に白い指輪を指にはめた。少しサイズが合わないらしくてブカブカの指輪だったが、音夢は笑みを浮かべて顔の前にかざす。

そんな幸せそうな音夢の顔を見ていると、なんだか居たたまれないほど気恥ずかしくなって、純一は慌てて視線を逸《そ》らした。

春の陽光を受け、音夢の左手の薬指で、白い指輪がキラキラと光を反射した。


平日の夕方――。

純一は自室の机《つくえ》に座って、ぼうっとマンガを眺めていた。たまに口寂しくなった時は、手から和菓子を生み出して食べる。

特にやることもなく、まったりとした時間。

いつもなら、ようやく授業から解放されて、残り少ない時間でなにをしようかと考えているところだが、学園が自由登校になってからは無限の時間を持てあまし気味だ。

最初から卒業パーティに参加するつもりのない純一は、他の学生よりも一足先に春休みを満喫《まんきつ》していた。

――ガタガタ。

「よいしょっと」

「ん？」

純一がマンガから顔を上げると、窓から侵入したさくらがベッドの上に着地しようとしているところであった。

「うたまるはココで大人《おとな》しくしてるんだよ？」

「にゃ〜」

さくらは白いこけしのようなものを窓辺に置いて、ごく当然のように部屋の中央に置いてある座布団《ざぶとん》の上に座った。

「お、おい……」

「おいっす！」

「いや……挨拶《あいさつ》はいいから、あれはなんなのか説明しろ」

純一は、窓辺でジッとしている白いこけしを指差した。

「なにって……うたまるだよ。ボクの飼ってる猫」

「猫？　それにしては少し造形がおかしくないか？」

「にゃ〜」

うたまると呼ばれた猫が自己主張するように鳴いたが、その姿はどう見ても自然の摂理《せつり》に反しているような気がする。

「あきらかに、神の領域に突入してるだろう」

純一が再び指差すと、うたまるは窓辺でメトロノームのように首を揺らしている。

——だいたい、自力歩行できるのかアレは？

見れば見るほど不思議な生き物だ。

「そんなことより、春休みだよ春休み♪」

「あの存在は、そんなことレベルか？　あ……いや、やっぱりいい」

純一は慌てて首を振り、思考を中断させた。

これ以上気にしていると、夜寝られなくなりそうな気がしたのだ。

「で、春休みなんだってば！」

「ああ……そうだな」

純一は、意識を無理やりうたまるから引き離し、さくらの言葉に相槌《あいづち》を打った。

「というわけで、遊びに行こうよ！」

「え、今からか？」

反射的に時計を見ると、すでに夕方の四時。

もうすぐ日が暮れる時刻だ。

「アフターフォー、全然オッケー。ノープロブレム!!　ほら、行こうってば！」

そう言ってさくらは純一の腕を引っ張った。

「待て待て、今日くらいゆっくりしないか？」

「なんで？　もったいないよぉ」

「まぁ、待て。日々、学園というコロシアムで戦い続けている戦士には、束《つか》の間《ま》でも休息は必要だと思うぞ？」

「なにをそんなに頑張《がんば》ってるの？」

「例えば……朝起きたり、授業中寝ないようにしたり、特に混んでいる購買で、パンを買う時なんかは命懸《いのちが》けだな」

「勉強しなよ」

さくらは呆れたようにジト目で睨《にら》んだが、やがて純一が動きそうにないと判断したのか、目の前にあるテーブルにべた～っと倒れ込んだ。

「にゃぁ……仕方ない。ま、こうやってお兄ちゃんとまったりするのもいいか」

「そうそう、春はゆったりとした時間を過ごすのがいいんだ」

ようやく暖かくなり始めた風が、窓辺のカーテンを揺らす。外からは、さわさわと桜を撫《な》でる音が聞こえて来た。

「春だなぁ」

「えへへへ。お兄ちゃん」

「……なんだ？」

「ねぇ、お兄ちゃん。久しぶりにちょうだい」

テーブルに身を乗り出してくると、さくらは自分の唇を指差した。

「は？」

その仕草だけを見ると、さくらがキスを求めているようにしか見えない。

――久しぶりに？

純一は、こめかみに指を当てて、必死に昔のことを思い返してみた。若気の至りで、さくらになにかしたことがあっただろうか……と。

だが、そんな覚えはまったくない。

「なるべく柔らかくて甘いのがいいな♪」

「……ああ！」

純一はパチンと指を弾《はじ》いて、そのまま手を握った。

「今の、わざとだろう？」

生み出した小さい饅頭《まんじゅう》を、さくらの唇に押しつけてやる。

「あははは。ボクはどっちでもよかったんだけどね」

さくらはそう言って笑うと、純一の指に唇を押しつけて饅頭を口にした。

「あのなぁ……そんなことばっかかしてると、いつか狼《おおかみ》に食べられちまうぞ」

「ボクがあかずきんちゃんで、お兄ちゃんが狼？」

「マズそうだなぁ」

純一は、苦笑しながらマンガに視線を戻した。

「じゃあさ……どんな味がするか試してみる？」

「え？」

顔を上げると、さくらがジッと純一を見つめていた。

——冗談。

そう口にしようとしたが、テーブルに乗り出したさくらの真剣な瞳《ひとみ》がそれを制する。

「ボク……いいよ。向こうでも唇だけはさせなかったし」

外見は変わっていないが、中身だけはきちんと成長しているらしい。さくらが求めているのは、幼い子供が無邪気にねだるようなキスではなかった。

「大丈夫……ボクも初めてだから」

桜色の唇が小さく動く。

「あ、うん」

思わず頷いてしまった純一は、次第に息が詰まってくるのを感じていた。

——ただのキスだろう。

別にさくらが嫌いというわけではない。この程度のことなら……と自分に言い聞かせ、純一がわずかに身を乗り出した時。

リリン——。

小さな鈴の音が響いて来たのは、窓辺にいたうたまるが身動《みじろ》いだためだろう。

だが、その音を聞いた純一の脳裏には、不意に音夢の笑顔がちらついた。普段の何気ない仕草や、日常のあたりまえの光景。

そんな姿を思い浮かべた途端、純一はどうしても動くことができなくなった。

「……てぃ」

目を閉じたままのさくらに手だけを伸ばすと、ペシッとデコピンをかました。

「あいたッ！　なにするんだよぉ!?」

「冗談は夢の中だけにしろって」

さくらへの後ろめたさを感じながら、純一はへへへと笑った。

「ぶぅ」

さくらは額をさすりながら、冗談めかして頬を膨らませる。

そんな時――。

ガチャッ!!と、ノックもなしに部屋のドアが開き、今度こそ本物の音夢が姿を見せた。

「ただいま、兄さん。なんか変な胸騒ぎが……」

そこまで言い掛けた音夢は、テーブルの上に身を乗り出していたさくらを見て、なにかを察したかのように、不意に言葉を途切らせた。

「よう、音夢」

「おかえり～」

「あ……う、うん」

何気なさを装った純一とさくらが声を掛けると、音夢は曖昧《あいまい》な表情を浮かべて頷き、急に息苦しそうに胸を押さえた。

「どうした？　どこか痛いのか？」

「ううん……なんでもないの。兄さんだけだと思ったから、ちょっとビックリしただけ。それじゃあ制服を着替えてくるから」

音夢はさくらに視線を向けると、

「ゆっくりしてってね、さくら」

と、少しぎこちない笑みを浮かべた。

「あ～、うん……でも、そろそろ帰るよ。うたまるの散歩に行かなきゃ」

さくらは窓辺まで行くと、そこに座っていた白猫を頭に乗せた。

「なあ、そいつ自力で歩かせてみてくれ」

「うにゃ……ダメだよぉ。素足だから床が汚れちゃうもん」

うたまるは、さくらが手を離したにもかかわらず、彼女の頭の上でゆらゆらと奇妙に揺れながらバランスを取っている。

その姿を見る限り、どこに足があるのかさっぱり分からなかった。

「それじゃね。ふたり共、暇な時はウチにも遊びに来てね」

「うん……あ、帰りはちゃんと玄関から出て行ってよ」

「はーい。ごめんね、音夢ちゃん」

窓辺にちょこんと置いてあった靴を取ると、さくらはドアの向こうへと姿を消した。トントンと階段を下りる音がした後、遠くで玄関のドアが閉まる音が続く。

「……はぁ」

「お疲れ？　兄さん」

「かったりぃ」

純一はベッドに腰を下ろすと、片手を肩に当てて首を捻った。

「じゃあさ、どうせ夕食の買い物に行くんだし、私着替えるのめんどうだから今行こう」

「……人の話聞いてるのかおまえ？」

「気分転換よ。外、気持ちいいんだから」

ふわりとスカートを翻《ひるがえ》すと、音夢は小さく微笑んで純一に手を差し出した。

「面倒だな」

言葉とは裏腹に、純一は唇の端を歪《ゆが》めてその手を取った。

翌日、めずらしく早起きした純一が、家の外にある郵便受けまで新聞を取りにくると、制服姿の音夢が後を追うように玄関から姿を見せた。

「もう行くのか？」

「委員会の仕事は忙しいですからね」

「ご苦労なことだ」

純一は卒業式までの休みを満喫していたが、卒業パーティを控えているために、風紀委員である音夢は毎日登校を続けている。

「私が留守の間、出掛ける時はちゃんと戸締まりして行ってね」

「分かってるよ」

「窓もちゃんと閉めるのよ。後、それからガスの元栓《もとせん》も確認して」

「小姑《こじゅうと》か、おまえは……」

純一はうんざりしたように、音夢を睨みつけた。

「この年の女の子つかまえて小姑はないでしょう。……そんなことじゃ兄さん、お婿《むこ》さんになれなくなるよ？」

音夢は腕を組んで目を細めると、逆に純一を軽く睨み返してくる。

「婿って……俺が婿に行くんじゃなくて、おまえが嫁に行くんだろうが」

「無精な兄さんを置いて行けるわけないじゃない。兄さんがひとりになったら、掃除も洗濯も面倒でしないでしょう？　この家がどうなるか怖《こわ》くて……」

「……ぐっ！」

あまりにも正論なので、純一は思わず言葉に詰まってしまった。

そんな純一の様子を見て、音夢はふふんと勝利の笑みを浮かべる。

「ま、まぁ……そうだな。料理のできないおまえが、嫁に行くのは難しいだろう」

「む〜!!」

純一が反論すると、今度は音夢の方が言葉を失ってしまった。

こちらも間違いのない事実なので、プッと頬を膨らませることしかできないようだ。

「……なんて、バカなことやってると遅刻しちゃうわね」

音夢はフッと肩の力を抜くと、てへへ、と笑った。

「そうだな……でも、とりあえずおまえが先に嫁に行けよ」

「なによ、まだこだわってるの？」

「順番だよ。おまえが嫁に行くのを見届けるのが、死んだ父親代わりの俺の役目だ」

純一は両腕を組んで、しみじみとした口調で言う。

「……お義父《とう》さん、まだ死んでないわよ」

「ん？　そうか、影が薄いから忘れていたぞ」

海外にいる父親が聞いたら憤慨《ふんがい》しそうな台詞《せりふ》だ。

「順番なら、やっぱり兄さんが先でしょ。兄妹なんだから」

「でも、俺たちは誕生日が一緒なんだしなぁ。どうせなら、同じ日に結婚すれば問題ないんだけどな」

「えっ⁉　で、でも……そ、そんなこと」

音夢は動揺したような態度を見せると、急に声を震わせ始めた。

──なんだ、こいつ？

いきなり様子がおかしくなった音夢を見て、純一は思わず首を捻った。

「だって、それって……その……ダメだよ、兄妹でそんなこと」

「けど、同じ式場を借りれば安くなるし……」

純一はそう言葉を続けたが、もはや音夢の耳には届いていないようだ。

音夢は顔を真っ赤にしながら、ほら世間的にも色々とあるし……などと、ひとりでブツブツとわけの分からないことを呟き続けている。

──なんか、勘違いしてないか？

純一が呆れたように溜め息を吐いた時。

「うにゃ？　なにやってる？」

隣の家から、ひょっこりとさくらが顔を出した。

「ちわちわ痴話喧嘩《ちわげんか》？　怒りやすい人はミルク飲むといいよ。背も伸びるし」

まったく説得力のない言葉を口にしながら、さくらは郵便受けの下にある箱から、牛乳のビンを取り出した。

「別に喧嘩ってほどのもんじゃないさ。どちらが先に、婿に行くか嫁に行くかで口論になってただけだからな」

「にゃ〜、どちらにしても、お兄ちゃんはボクと結婚するんだよね」

さらりと重大な台詞を口にするさくらに、まだひとりで舞い上がっていた音夢が、ハッとしたように顔を上げた。

「えっ！　ちょっと、それはダメッ！」

「にゃ？」

音夢のあまりにも激しい口調に、さくらは驚いたように身を引いた。

「そうそう、こんながさつな妹を置いて、俺が結婚なんかできるはずないだろう」

「ちょっと兄さん。それはどういう意味かしら？」

笑顔を浮かべてはいるが、音夢はいつでも鉄拳《てっけん》を放てるように拳を握りしめた。

「いや……それはだなぁ」

「ダメだからね、音夢ちゃん!!」

純一が冗談めかした口調で音夢の攻撃を回避しようとした時、さくらは不意に真剣な表情を浮かべ、普段からは想像もつかないほどの厳しい声を上げた。

「兄妹なんだから、ダメだよ」

「……あ」

さくらの言葉に、音夢はスッと表情を消した。

そんなに特別なことを言われたわけではない。ごくあたりまえの言葉を聞いただけなのに、音夢の周りの空気が張りつめていくのが分かった。

「そ、その……私……そんなつもりは……」

「音夢ちゃん。本当の兄妹じゃなくったってダメなんだよ」

「…………………」

音夢の泣きそうな瞳が純一を見つめる。

だが、純一はそんな彼女に掛けるべき言葉を見つけることができなかった。

――ずっと分かっていたさ。

音夢の想《おも》いなんて、分かっていたのだ。

いつの頃からだろう。もう、はっきりとは憶《おぼ》えていないが、たぶん掛け算や割り算よりも先に、その想いは理解していたはずであった。

朝起きた時に覗き込んでいる瞳の中。

休み時間の度に純一のことを振り返る仕草や、たまに一緒に下校する時に、わざと触れる腕。おやすみの後に、いつもなにか言いたげに揺れる唇……。

そう……気付いていたのだ。けれど相手が義妹《いもうと》である以上、純一にできたのは、鈍い男を演じ続けることだけであった。

「あのな、さくら……」

純一は頭を掻《か》きながら、なんと言うべきか迷っていた。

お節介だとか、無神経だとか……ではなく、どう自分や音夢の気持ちを説明すればいいのか、適切な言葉を見つけられないでいたのである。

だが……。

「ダメだよ、音夢ちゃん。お兄ちゃんをぶったらいけないんだよ。弟分は兄貴に手を上げてはいけないのだ」

「は？」

音夢が目を丸くする。

純一も口を開き掛けた、中途半端な状態で固まってしまった。

「うにゃ、どうしたの？」

呆然とする純一たちを交互に見つめ、さくらは不思議そうに首を捻った。

「……なんの話だ？」

「だから、義理と人情の……えっと……」

そこまで言ったさくらは、ジロリと自分を睨む朝倉兄妹の視線に耐えきれなくなったように、言葉を途切らせる。

「てっしゅ～う」

さくらは純一たちの怒りの空気を察し、牛乳ビンを抱えたまま、その場から逃げるように家の中へと駆け戻って行った。

「……はぁ」

そんなさくらの姿を見送りながら、純一は思わず溜め息を吐く。

――まったく。

悪気はないのだろうし、互いの誤解もあったが、まったく人騒がせな話である。

おかげで純一は、朝からかかなくてもいい冷や汗をかいてしまった。

「ねえ、兄さん……」

ずっと沈黙していた音夢が、ふっと顔を上げた。

「ん？」

「日課、最近はご無沙汰《ぶさた》だね」

音夢はそう言うと、前髪を持ち上げて微笑んだ。

いつも恥ずかしがっているのに、音夢の方から言い出すのは初めてのことだ。

「あ、ああ……そうだな」

別に拒否する理由もないので、純一も自分の前髪を持ち上げた。

「ジッとしてろよ」

顔を近付けていくと、こつん、と額が触れ合う。熱はないようだが、温かな音夢の体温が額を通して伝わって来た。

目の前にはうっすらと開いた音夢の唇がある。純一は、慌てて視線を逸らした。

「兄さん。初めて頭突《ずつ》きじゃなかったよ」

「そうか？」

純一はとぼけるように呟いた。

そう……あれは照れ隠しだった。恥ずかしいと言いつつも、この日課は、ふたりが心のどこかで望んでいた儀式だったから。

「兄さん……私、もう行くね」

「あ、ああ」

「熱を測るのは、今日で最後ね」

「え？」

純一が驚いた隙《すき》に、音夢はスッと腕から逃れる。

一歩だけ後ろに下がって寂しげな笑みを浮かべると、音夢はそのままくるりと背中を向け、一度も純一を振り返らずに歩き始めた。

第三章　重なる気持ち

卒業式の日。

午前中に形式通りの式を終え、純一たちは学園付属を卒業した。

単に一枚の卒業証書を手にするだけの簡単な卒業式だったが、やはりなんとなく区切りを感じさせるものがある。それまでは卒業といっても、さほどの感慨深さはなかったが、今更のように自分が卒業するのだという実感が湧《わ》いてくる。

――はずなんだが。

純一はガヤガヤと賑《にぎ》わう廊下《ろうか》を見渡し、ハーッと溜《た》め息《いき》を吐《つ》いた。

学生たちの関心は、すでに終わってしまった卒業式などよりも、午後からのパーティに移ってしまっているのだ。卒業式では涙を見せていたはずの女生徒たちも、さっきまでのことなどきれいさっぱり忘れてしまったかのように笑顔を浮かべている。

いつまでも粛然《しゅくぜん》とした雰囲気《ふんいき》を保ち続けろ……というわけではないが、もう少し自分たちの卒業を祝ってもよさそうなものである。

もっとも、これも祝いのひとつには違いないのだが……。

「せ~んぱいっ」

背後からの声に振り返ると、美春が純一の顔を覗《のぞ》き込むようにして立っていた。

「えへへへ。卒業おめでとうございます」

「おおっ、おまえはいいやつだなぁ」

初めて素直な祝福の言葉を聞いて、純一は感激のあまり、ギュッと美春を抱きしめた。

「あ、朝倉先輩っ、痛いです！　首ですっ、今掴《つか》んでるのは首ですってばっ!!」

「愛情表現だ!!　愛情の裏返しは憎しみだぞ」

「全然関係ありませんよ～！」

「はは、ありがとな、美春」

純一は美春を離すと、パンパンと肩を叩《たた》いた。

「周りがこの状況だから、ちょっと寂しい気がしてな」

「これでは情緒もなにもありませんものね」

美春は同意するように頷《うなず》いた。

あるいは湿っぽくならないように、学園側が配慮した結果なのかもしれないが、他の学園からすると考えられない伝統だろう。

「まあ、せっかくだから、俺《おれ》もブラブラと見てまわろうとは思ってるけどな」

「えぇ!?　朝倉先輩なにもしないんですか!?」

「……なんだその反応は」

「だって朝倉先輩ですよ!?　卒業式に騒ぎを起こさないはずないじゃないですかぁ！」

「前言撤回《ぜんげんてっかい》だ。おまえ、風紀委員として俺の様子を窺《うかが》いに来たな？」

「な、なんのことやら？」

美春はとぼけるように、ピーピーとへたくそな口笛《くちぶえ》を吹いた。

「せっかく、去年のクリスマスパーティで約束したままだった、チョコバナナを奢《おご》ってやろうと思ったのに」

「えっ⁉　朝倉先輩っ、それは……」

「残念だったなぁ」

「あう〜っ、お代官様、お慈悲を〜」

美春は純一の袖《そで》にすがりつくと、よよよと嗚き真似《まね》をした。

「はははははっ」

滑稽《こっけい》な美春の姿を見て、純一は久しぶりに声を上げて笑った。

このところ、音夢とのことで頭を悩ませる日々がずっと続いていたのだ。

あの日——さくらの何気ない言葉に触発されたかのように、音夢は急に純一を避け始めたのである。もちろん、一緒に暮らしている以上は、まったく会わないというわけにはいかないが、必要なこと以外は口も利《き》かない状態が続いていた。

長年一緒にいて、これほど避けられたのは初めてのことだ。

「朝倉先輩、どうかしたんですか？」

ふと音夢のことを考えていたために、いつのまにかぼんやりとしてしまっていたらしい。

「あ……いや、なんでもないさ」

「そうですか？　最近、なんだか音夢先輩の様子も変だったから……」

「ん、そうなのか？」

純一は何気なさを装ったが、音夢の身近にいる美春は、薄々ながら純一たちの変化に気付いているようだ。今まで仲のよかった兄妹が急によそよそしくなったのだから、それが周りの者に分からないはずはない。

「……先輩、もしかして本当はなにか企んでいるんじゃないですか？」

「んなわけないだろう」

「騒ぎは起こさないでくださいね。今年なにかあると、美春が卒業するときに色々決まり事ができちゃうかもしれないですから」

「おまえ、段々と音夢に似てきたな」

「あははは……大丈夫そうですね。では、アデュ〜です。先輩！」

美春はブンブンと手を振りながら、風紀委員の仕事に戻っていった。パーティの始まるこれからが、彼女たちにとっては忙しくなる時間なのだろう。

「さて、俺も適当にぶらついて……」

純一がひとりごちて廊下を歩き始めた途端。

ちょうど反対側から歩いて来た音夢と、いきなり目が合ってしまった。

「あ……」

音夢の方も純一に気付き、思わず……という感じで足を止めた。

「どうしたの？　……あら朝倉くん。こんにちは」

一緒に歩いていた少女が、不意に立ち止まった音夢を訝《いぶか》しむように見た後、純一がいることを知って、にこやかな笑みを浮かべた。

少女——白河《しらかわ》ことりは、純一や音夢のクラスメートである。いや、卒業した今となっては、元クラスメートといった方が正しいかもしれない。

美人で成績優秀、誰《だれ》にでも優しいという絵に描いたような学園のアイドルだ。

音夢とは仲がよいらしく、教室でも時々話をしている姿を見掛《みか》けたことがあった。

「よ、よう！　ふたりとも卒業おめでとう」

純一は何気なさを装って、音夢とことりに明るい声を掛けた。

「おめでとうございます」

ふたりは同時に同じ言葉を口にしたが、その表情はまるで正反対であった。

「それでは、見まわりの途中なので失礼します」

音夢は素っ気なく言うと、これで話は終わりだとばかりに、軽く頭を下げて純一の横を通り過ぎて行こうとする。

「音夢」

「なにか用ですか？」

「いや……おまえ、ちょっと顔色が悪いんじゃないか？」

「え？」

「最近、朝の日課をやってなかったからな」

純一はそう言って音夢の額に手を伸ばそうとしたが、彼女は拒否するように、首を振りながら後ずさった。

「私……子供じゃないんです」

小さく呟《つぶや》くと、音夢は踵《きびす》を返して再び歩き始めた。

そのあまりにも頑《かたく》なな態度は、取りつく島さえ与えないといった感じである。

「あの……喧嘩《けんか》？」

立ち去って行く音夢の背中を気にしながら、ことりは戸惑ったように囁《ささや》いた。

「いや、そういうわけじゃないんだけどな」

これといった理由があるわけでもなく、一方的に音夢が純一を避けているだけなのだから、喧嘩にもなっていないだろう。自分でも上手《うま》く説明できない状況に、純一はそっと肩をすくめた。

「すまないけど、あいつの調子を見ていてくれないかな」

「ええ、私《わたし》に任せてくださいな」

雰囲気からなにかを察したのか、ことりはポンと自分の胸を叩いた。

「悪いな、今度なにか……甘いものでも奢るよ」

「楽しみにしてます。ふふふ、妹さん想《おも》いなんですね」

ことりはそう言い残すと、ひとりで先に行ってしまった音夢を追い掛けるように、小走りで駆け出して行った。

「……そんなんじゃない」

届かないことを知りつつ、純一はことりの背中に向けて、そう呟いた。


「ふう……」

一通り校内をまわり終えた純一は、途中で買って来たタコ焼きを手にしたまま、中庭のベンチに腰を下ろした。

——まったく、みんな俺を誤解してるぜ。

あちこちの出店や催し物を見ているだけだというのに、純一はどこへ行っても奇妙な、警戒するような目を向けられてしまうのだ。なにを根拠にそう思われているのか分からないが、悪い意味で、純一と杉並はよほど期待されているらしい。

「人気者はまいるよなぁ」

「あ？」

第三章　重なる気持ち

「よう、ご無沙汰《ぶさた》」

どこから現れたのか、純一が学園中から警戒されてしまう原因となった悪友が、タコ焼きをつまみ上げながらベンチの隣に座った。

「いやぁ、まいった。講師と風紀委員と中央委員会に睨《にら》まれててな。やつら、今年は実力行使で阻止《そし》するつもりらしい」

「それでも逃げ切れるおまえも恐ろしいがな」

「おまえが朝倉妹だけでも担当してくれれば、かなり楽になるんだがな」

タコ焼きを口に放り込むと、杉並はにやりと純一を見た。

「勘弁してくれ」

「行動パターンが読まれてるからなぁ。さっきまで朝倉妹に追われてたんだ」

杉並はごそごそとポケットを漁《あさ》って缶《かん》コーラを二本取り出し、そのうちの一本を純一に投げてよこした。

「お、サンキュ」

「おまえ……なんか雰囲気違うぞ」

プルタブを開けようとした純一を、杉並が目を細めて見つめた。

「なんだ、またその話か。耳タコだ」

「みんな心配してるのさ」

杉並はコーラを一口だけ飲むと、めずらしく真剣な表情を浮かべる。

「朝倉兄妹がおかしいって、他の連中も気付いてるだろう。俺もなんか調子出なくてなぁ」

「……………………」

純一は返す言葉を失って、ぼんやりと手の中の缶コーラを見つめた。

そう……気付かないわけがない。

「なぁ、俺と音夢って兄妹だよな」

「はあ？」

「……いや、なんでもない」

忘れてくれ、と純一はコーラを飲んだ。

なんだか杉並にすべて話してしまいたい衝動に駆られたが、そんなことをすれば大騒ぎになるのは間違いないし、この状況を改善できるとも思えない。

だが……。

「なんだ？　ついに朝倉妹と、血の繋《つな》がりがないことを実感したのか？」

「ぶっ……!?」

核心を突く杉並の言葉に、純一は思わず口の中のコーラを噴き出してしまった。

「ぐ、げほっ……なんで知ってんだよ!?」

「や～っぱり、そうなのか」

慌てて口を拭《ぬぐ》う純一を見つめ、杉並はにやりと笑った。

「わははは！　この俺に隠し事ができると思ったのか!?」

「チッ……」

純一は短く舌を打った。あっさりと誘導に引っ掛かってしまった自分が情けない。

「だがな、別に悩むことじゃないだろう。正直になれば楽でいいぞ。面白《おもしろ》いことと好きなことやるのが俺たちだ」

「たちをつけるなっ。ただの迷惑野郎じゃねぇか、それはっ」

「おまえは朝倉妹が好きなんだろう？」

「……………………」

そう――なのだろうか？

音夢の素っ気ない態度に胸を痛めているのは、単に妹が兄離れして寂しいからではなく、この嫌われているような状況に耐えられないからなのだろうか。

「わざわざ、それを言いに来たのか？」

「いや……たまたま見掛けたから、声を掛けただけだ」

杉並はとぼけた様子で、しれっと答える。純一は、手にしていたタコ焼きを杉並に押しつけて立ち上がると、残っていたコーラを一気に飲み干した。

「どこ行くんだ？」

「帰る」

「おい、パーティは、まだ始まったばかりだぞ⁉」

「……かったりぃんだよ」

純一は手にしていた缶を片手でベコッと潰《つぶ》し、ゴミ箱の中へと放り込んだ。

ガコン‼と派手な音が鳴る。

「じゃあな」

「おう、ちょっと待てよ」

そのまま立ち去ろうとすると、杉並の声が追い掛けて来た。

「朝倉妹に捕まったら、なにか言っておこうか？」

「……そうだな」

純一は少しだけ考えて、杉並に背中を向けたまま言った。

「無理するな」

「……それだけか？」

「ああ、それだけ言えば分かる」

「了解。まあ……万が一、俺が捕まったら、だがな」

「捕まれ、バカ」

純一はそう言うと、そのままひらひらと手を振って歩き出す。

もう、杉並が声を掛けてくることはなかった。


『やっぱり、ここにいたんだね』

『…………………』

『転校するんだってね。びっくりしたよ』

画面には、夕日に包まれた学校の屋上に佇《たたず》む、ふたりの男女の姿が映し出されている。

音夢が毎週夕方に観《み》ていた再放送のドラマだ。

どうやら録画してあったもののようだが、ずっと一緒に観ていたわけでなかったので、
純一にはさっぱり内容が分からなかった。

話が分からないということもあるが、それ以上に、純一は隣に座っている音夢のことが気になって、どうしてもドラマに集中できなかったのだ。

『ただ、僕は思い出になりたくなかったんだ』

『え？』

『どうせ消えてしまう人間だからね……』

男子学生がアップになった時、純一は音夢に視線を移した。

「あの……これって、どんな話だ？」

「この神谷くんは、本当は死んでいるんだけど、好きだった女の子の悩みを知って、姿を見せるって話。だから思い出になりたくないって……」

「ふぅん。意外とファンタジーな話だな」

純一は会話するキッカケを作ろうと話を振ってみたが、音夢はまったく乗ってこようとはせず、最低限度の説明だけすると、後はジッと画面を見つめたままだ。

——なんなんだ、一体。

音夢が帰って来たのは、純一が杉並と別れて家に戻って数分も経《た》たないうちのことだ。

まだパーティは終わっていない時間なので、音夢は風紀委員の仕事を放り出して来たということになる。責任感の強い彼女にとってはめずらしいことだ。

しかも、戻ってくるなり、一緒にビデオを観ようと言い出したのである。

「でも……どうしてこのドラマを録画してあるんだ？　これの放映時間って、おまえは家にいたんじゃなかったっけ？」

「兄さんのせいです」

純一の素朴《そぼく》な疑問に、音夢はキッパリと言い放った。

「え？」

「兄さんに会っちゃうかもしれないから、ここに下りて来れなかったんだもん」

「……それって、俺のせいか？」

「あたりまえじゃないの」

「どこが、あたりまえなんだよっ⁉」

穏便に話そうと思っていたのだが、わけの分からない理屈を並べ立てる音夢の言葉に、
純一はムッとして睨み返した。

「それは……全部兄さんがいけないんだよ」

「なんだそりゃ？　ガキか、おまえはっ」

「私が子供だったら、同い年の兄さんだって子供じゃないの！」

「年は関係ないだろう」

なんだか、低次元な言い合いがバカらしくなって来た。

純一はハーッと溜め息を吐く。

「俺が悪いんだったら理由を言ってみろよ」

「それは……」

音夢は、純一から顔を逸《そ》らすようにして俯《うつむ》いた。

「兄さんが……私の兄さんだから……」

「は？」

「バカ……大バカ兄さん」

「あのなぁ」

純一は、肩をすくめて首を振った。

情緒不安になっているのか、音夢の言っている意味がほとんど理解できない。

「おまえ、熱でもあるんじゃないのか？」

「……あるよ」

「なんだその反応は？　ちょっと顔見せてみろ」

顔を覗き込もうとすると、音夢が手を伸ばして純一の頬《ほお》に触れてくる。不意に音夢の顔がアップになって、純一は思わず動きを止めた。

『……どうしたの？』

『いや、君の笑顔って、そんなんじゃないんだ』

『えっ？』

『僕が覚えていなくちゃいけない君の顔って、嘘《うそ》の——無理して浮かべた笑顔でいいの？』

ラスト十分を切って、ドラマは佳境《かきょう》に入りつつあるようだ。

音声は耳に届いていたが、視線の方は音夢から逸らすことはできなかった。

「ドラマってずるいんだよ……」

音夢がそっと囁くように呟いた。

「義理の兄妹とか、死に別れた恋人とか……絶対にダメだって恋が叶《かな》っちゃうの」

「………………」

「憧《あこが》れちゃうよね。自分と重なれば重なるほど。ハッピーエンドなほど……」

音夢はそう言って、瞳《ひとみ》を潤《うる》ませる。

その瞳を見つめていると、なんだか彼女の想いが胸に染みてくるようであった。

「作り物の……話だからな」

「……うん」

音夢は小さく頷き、自嘲《じちょう》気味に笑った。

「でもね、作り物と分かっていても、少しだけ勇気をもらえるの。私も自分の心に正直でいいのかな……って気にさせてくれるから」

「ドラマだと、この先はどうなるんだ？」

「それは……」

音夢の答えを聞く前に、純一はそっと顔を近付ける。

まるでそれが合図になったかのように、どちらからともなく唇が重なり、ふたりはぎこ

ちないキスを交わした。唇が触れるだけの子供っぽいキス。

けれど、ずっと欠けていたものを、やっと取り戻したような充実感が身体中《からだじゅう》を覆う。それを手放したくなくて、純一たちはお互いをそっと抱きしめた。

「……はぁ」

唇を離すと、音夢は大きく息を吐いた。

「息止めてたのか？」

「だって……初めてなんだもん」

軽く俯くと、音夢は胸元で手をもじもじさせた。そんな姿を見ていると、純一まで恥ずかしくなってきそうだ。

「まあ、これから徐々に慣れていけばいいさ」

「な、なな、慣れていけばって……」

戸惑う音夢の姿が可愛《かわい》くて、純一はもう一度抱き寄せようと、彼女の背後にまわした手に力を込めた途端。

――ドクン。

心臓が大きく跳ね上がるような気がした。

「あ……っ」

小さな声が上がると同時に、音夢の身体が寄り掛かって来た。純一は慌てて支えようとしたのだが、腕にはまったく力が入らなかった。

――音夢っ⁉　な、なん……で……？

声も出せない。腕だけではなく、全身の力が抜けていき、純一は自分の足で立っていることさえできなくなってしまった。視界はあっという間にホワイトアウトしていく。

辛うじてつなぎ止めていた意識が徐々に消えていく時。

どこからか、桜の匂《にお》いがした。


――これは誰の夢だろう？

純一は、久しぶりに誰かの夢に迷い込んでいることを自覚していた。

白い……真っ白い景色に、わずかに桜の花の匂いがする。

しばらくの間、なにもなかった空間にジッと立ち尽くしていると、周囲には徐々になにかが浮かび上がり始めた。

見えて来たのは一軒の家。見覚えがあるなんてものではない。この家は、現在も純一の家の隣に建《た》っていて、現在はさくらが住んでいる祖母の家だ。

元々、純一の家も彼女の持ちもので、ずっとそれを借りていたに過ぎない。

――ばあちゃん⁉

現れた家には広い庭があり、日当たりのよい縁側には、白い猫を抱いた祖母の姿が見える。幼い頃《ころ》、純一が垣根の隙間《すきま》から覗いた時と同じ姿で……。

その懐かしい顔を見て、純一はフッと頬を弛《ゆる》ませた。

祖母は遠い国からやって来た人で、髪が金色で瞳が青かった。だが、印象に残っているのはそんな外見ではなく、いつも幸せそうな笑顔だった。

「あっ……」

いきなり、目の前がまた白い空間に戻った。

夢とは理不尽なもので、整合性もなければ脈絡もない。いくつもの夢を見せられ続けて来た純一は慣れっこになってしまったが、もう少し懐かしい顔を見ていたかったので、少し残念に思った。

「お父さん……お母さん……」

今度は、不意に小さな女の子の声が聞こえて来た。

ゆらゆらと蜃気楼《しんきろう》のように現れた桜の樹《き》の根本には、うずくまるように泣いている音夢の姿がある。その姿を見て、純一はこれが誰の夢なのかを知った。

同時に、泣き続ける小さな音夢を見つめていると、これがいつの頃のことなのかを瞬時に思い出すことができた。同時に、純一にとっても苦《にが》い記憶が蘇《よみがえ》ってくる。

六年前――。

仲のよかった音夢の両親は、純一に音夢のことを頼むと笑顔で出掛けて行ったきり、二度と戻ってこなかった。交通事故だと聞かされた覚えがあるが、強烈に印象に残っているのは、残された音夢が泣きじゃくる痛々しい姿だけだ。

けれどそれ以降、部屋を半分取られたり、風呂《ふろ》まで一緒になったりすると、徐々に戸惑う気持ちの方が大きくなっていた。毎晩のように、隣の布団《ふとん》で声を押し殺して泣き続ける音夢。その声を聞きながら、純一はずっと考え続けたものだ。

——俺はこいつをどう扱えばいいんだ？

鬱陶《うっとう》しいやつとして嫌えばいいのか、それとも守ってやればいいのか。

そんな時だった。夜、トイレに行った帰り、誕生日が一緒の音夢を、純一の姉にするか妹にするか……と相談している両親の話を盗み聞きしたのは。

それを聞いた時、純一の心は決まった。

『おい、おまえっ』

部屋に戻った純一は、暗闇《くらやみ》の中で泣いている音夢に声を掛けた。

『いい加減うるさいんだよ』

『……っく……ごめん……』

『謝らなくてもいいから、泣きやめよ』

純一はそう言うと、自分の布団にもぐり込んで片側を空けた。

『おい、こっちの布団に来い』

『え？』

『つべこべ言わずに来い』

そう……ひとりだからうるさいのだ。純一が隣にいるというのに、音夢はひとりになってしまったと泣いている。だったら、ずっと一緒にいてやればいい。

音夢は少し躊躇《ためら》った後、ごそごそと純一の布団に移動して来た。音夢の身体はすごく冷たくて、布団が半分になってしまった上に、温かさまで半分になってしまった。

『……あったかい』

『音夢……今からおまえは俺の妹だ』

思えば、それまで「おい」とか「おまえ」としか言わなかった純一が、初めて「音夢」と呼んだのはこの時だった。

『俺のおやつも、親もおまえに半分やる。だけど、おまえがお姉さんだなんて嫌だからな』

『う……うん』

『俺は音夢のお兄さんだからな。これで寝れるぞ』

『……分かった……お兄ちゃん』

音夢は小さく頷いたが、どうして純一が突然こんなことを言い出したのかは、理解できなかったに違いない。だが、純一にはどうしても必要な宣言だった。

——まあ、今から思えば強がりだったのかな。

最初から音夢を嫌ってなどいなかった。ただ、子供心には、男が女を守る……音夢を守ってやるには、純一なりに理由が必要だったのだ。

音夢は純一に抱きついてくると再び泣き出してしまったが、今度は文句を言わず、その手を握ってやった。純一の胸は、音夢の涙で冷たく濡《ぬ》れた。


リリン——。

すぐ近くから聞こえて来た鈴の音に、純一はフッと目を覚ました。

まだ意識ははっきりとしないが、腹の上になにかが乗っているのが分かる。そう……ちょうど人の頭くらいの重さだ。

「……音夢っ⁉」

「………………」

「にゃ〜」

慌てて半身を起こした途端。

腹の上に乗っていた白猫と目があった。

「さくら〜っ‼」

第三章　重なる気持ち

「んにゃ……？」

テーブルに突っ伏した状態で眠っていたさくらが、ゆっくりと顔を上げる。

「あにゃ……朝？」

さくらの呟きに、純一は枕元《まくらもと》の時計を見た。

午前の十一時。春休みの間は、まだ「朝」といえる時間だ。

「う～ん！　にゃ……お兄ちゃん、グッモニン♪」

「俺は寝起きに宇宙の神秘を見せられて、心臓が止まるかと思ったんだが？」

「うたまるのプリチーさに惚《ほ》れちゃった？」

「いや、絶対こいつおかしいって！」

腹の上の謎《なぞ》の生命体――いや、生命体かどうかもあやしい物体を示す。

「うにゃ～？」

ご主人様が首を傾《かし》げるのに合わせ、自らも首を傾げる白猫を窓辺にどかし、純一は頭を掻《か》きながら溜め息を吐いた。

「どうしたの、なんか不機嫌さんだよ？　怖《こわ》い夢でも見た？」

「いや、怖いっていうか……夢はひとつだけじゃなかったんだけど」

純一は、ふとさっきまで見ていた夢を思い出した。

最初は純一とさくらの祖母の夢だ。

生粋《きっすい》のイギリス人なのに、和菓子と日本と純一たちを愛してくれた人。仕事で忙しかった両親に代わり、ずっと面倒を見てくれたばあちゃん。

そして、次に見たのは子供の頃の夢。

懐かしい……音夢が妹になった夜のでき事だ。

——音夢？

まだぼんやりとしていた頭が次第に動き始め、夢ではない現実の記憶が蘇ってくる。

「あ……」

キス——。

「そうだっ!!　音夢……音夢はどうしてるんだっ!?」

「ちゃんとスヤスヤ寝てるよ？」

「そうか……って、……あれ？」

純一はベッドから立ち上がりながら、いつ部屋に戻って来たのかを思い出そうとした。

あれから……音夢とキスをした後の記憶がない。服も制服を着ていたはずなのに、いつの間にかパジャマに変わっている。

純一は思わず唇に触れた。

——まさか、音夢との仲直りと……あのキスまでも夢だったのか？

けれど、レモンの味ではなかったが、歴史的瞬間の感触はきっちり覚えている。

「どうしたってんでい、兄貴？」

「……これも夢じゃないよな？」

そう言いながら、純一は目の前にいるさくらの頬をつねってみた。

「いにゃにゃにゃ!!」

「そうか現実か」

「いたた……顔が伸びちゃうよぉ。ほっぺたつねるなら、自分のをつねりなよぉ」

「そんなに痛かったか？」

記憶が混乱したままで興奮していたのか、思わず力が入ってしまったらしい。

「いや、それより、なんで俺はベッドで寝てたんだ？」

「なんでって……ボクが運んであげたんだよ。なんでか知らないけど、音夢ちゃんもお兄ちゃんも、下で倒れてたから」

「倒れていた？」

そういえば、あの後すぐに、なんだか急に意識が遠くなった覚えがある。どうやらそのまま倒れてしまったらしい。

「ちなみに、もう一昨日の夜のことだよ」

「あ？」

音夢の様子を確かめに行こうとした純一は、さくらの言葉に思わず動きを止めた。

「だから、それって一昨日の話。今日は十七日のハッピーサンデー」

「え？　じゃあ……俺は丸一日以上ぶっ続けで倒れてたのか？」

「そうだよ。ボクがずっと看病してたんだから」

「いや、だけど……」

にわかには信じられない話だった。別に身体はどこもおかしくなかったのに、いきなり倒れてしまうなどということがあるのだろうか。

「じゃあ、音夢も？」

「うん……たぶん、お兄ちゃんより深く寝てると思う」

「だったら病院に連れて行った方が……」

純一はともかく、音夢は元々身体が丈夫ではないのだ。それが丸一日以上も眠り続けているなど、どう考えても不自然だ。

「もう、お医者さんには診《み》てもらったんだよ」

慌てて部屋を出ようとした純一を、さくらが押し止《とど》めた。

「え……？」

「お兄ちゃんもね。それでね、原因は分からないけど、安静にしておけばいいって」

「そ、そうか……」

とりあえずホッとして、純一はベッドの上に座り直した。

「それでね、音夢ちゃんの面倒はボクが見ようと思うんだけど……泊《と》めてくれないかなぁ？　女の子だから、きれいにしておいてあげたいでしょ？」

さくらが真剣な面持ちで純一を見上げた。

「う〜ん、そうだなぁ」

確かに今の純一の精神状態では、眠っている音夢の面倒を見るというのは危険であった。

ここはさくらの言う通りにした方がいいのかもしれない。

「悪い。それじゃあ、面倒だが頼む」

「ドント・ウォーリー！　さくらにお任せっ」

さくらはそう言って、ポンと自分の胸を叩いた。

「ほらっ、お兄ちゃんも、もうちょっと寝てなさいって！」

「いや、俺は大丈夫だって」

「ダメッ!!　倒れたのは事実なんだから」

さくらは純一をベッドに押し倒すと、頭からシーツをかぶせた。

抵抗しようと思えば簡単だったが、ここは仕方なく言われた通りにすることにした。

「はいはい、分かったよ」

「今は静かに眠ること。お兄ちゃんが起きる頃には、美味《おい》しいご飯を用意しておいてあげるから、みんなで食べよ」

「了解」

「じゃあ……おやすみ。今度はいい夢見れるよ」

そう言い残すと、さくらはうたまるを連れて静かに部屋を出て行った。

純一が次に目を覚ました時、窓の外はすでに真っ暗であった。

そんなに時間が経っていないだろうと思っていただけに、時計が午前四時を示していることを知って驚いてしまった。随分と長い間、眠っていたようだ。

——そうだ、音夢やさくらは？

この時間ではふたりとも眠っているだろうが、さくらがどこで寝ているのか気になった。もしかすると家に戻ったのかもしれないが、彼女のことなので、居間か音夢の部屋にでも転がって寝ているに違いない。

そんなことを考えていると、不意に猛烈な空腹感が襲って来た。

「……腹へって死にそうだ」

ぐっすりと寝ていたために、さくらは食事の時間に起こさなかったのだろう。

純一はふらふらと立ち上がると、壁に手をつきながら部屋を出て階下に下りた。少しでもいいからなにか食べないと、再び倒れてしまいそうだ。

「あれ？」

居間までくると何故《なぜ》か電気が点《つ》いていて、その奥にあるキッチンからは、ガサガサと冷蔵庫を漁る音が聞こえて来た。

「誰だ？」

部屋を見渡しながら声を掛けると、リリン——という鈴の音と共に、冷蔵庫の扉の陰《かげ》から、ひょいと音夢が姿を現した。

「音夢⁉」

「兄さん……なにやってるの、こんな時間に？」

「それはこっちの台詞《せりふ》だ、心配したんだぞっ‼」

「ご、ごめん。でも、なんでそんなに怒ってるの？」

トコトコと居間までやって来た音夢は、純一を見て不思議そうに首を傾げた。

「おまえ、ずっと眠ったままだったんだぞ！」

「ずっと……？　え、今日って何日？」

どうやら、あれからさくらにも会っていないらしい。

音夢の感覚では、純一と一緒に倒れてしまってから数時間しか経っていないのだろう。

「もう十八日だ。……それより、身体の方はなんともないのか？」

純一はそう言うと、音夢の腕を取って自分の方へと引き寄せ、有無を言わせず額を合わせて熱を測った。

「熱もないし、大丈夫そうだな」

「……兄さん」

ホッとした純一の耳元で、音夢がそっと囁くように言った。

「久しぶりだよね、これ」

「あ、ああ……そうだな」

「なんだか嬉《うれ》しい。ゴメンね、意地張っちゃって」

音夢がそっと背伸びをしたのを合図に、純一は腰に手をまわして少しだけ屈《かが》んだ。

前回よりも積極的なキス。

唇を軽く開いたまま重ねて、互いの柔らかな感触を確かめる。

——夢じゃなかった。

音夢の温かな体温を感じながら、純一は感激して、その細い身体を抱きしめ続けた。

「嬉しいよ……お兄ちゃん」

「え……」

聞き慣れない呼ばれ方をして、純一はハッと顔を上げた。目の前では、音夢がクスクスと微笑《ほほえ》んでいる。純一の胸に手を当てて、本当に幸せそうに微笑んでいた。

「ふたりだけの時は、お兄ちゃん……って、呼んでいいでしょ？」

「ああ……」

純一はぶっきらぼうに頷いた。

ただ昔の呼び方に変わっただけなのに、なんだか無性に照れくさく感じたのだ。

「ねぇ、お兄ちゃん、和菓子ちょうだい」

純一は驚いて音夢を見つめ返した。

手から和菓子を生み出せることは、ずっと音夢には内緒にしていたはずなのだ。

「出せるんでしょ？　知ってるよ、お兄ちゃんのことはなんでも」

音夢は、クスクスと小さな笑みを漏らした。

「いや、まぁ……でも、おまえは和菓子が嫌いだったんじゃ……？」

「本当は好きなの。ずっと意地張ってただけだから」

「意地？」

純一は思わず首を捻《ひね》った。

意地と和菓子がどう結びつくのか、分からなかったのだ。

「ほら、さくらにねだられて、よくお菓子をあげてたでしょ。あれ見て、私……さくらが羨《うらや》ましかったんだよ」

「って……それだけで？」

「だ、だって」

音夢は拗《す》ねたように、頬を膨らませた。

――仕方のないやつだな。

純一は苦笑しながら軽く手を閉じると、そのまま音夢の口元に寄せる。生み出した小さな饅頭《まんじゅう》を、音夢は摘《つ》まんだ指ごと口に含んだ。

「バカ、指は食べるな」

「だ、だって仕方ないじゃん。でも甘くて美味しい。久しぶりだなぁ……子供の頃、おばあちゃんにもらって以来だよ」

頬を押さえて、音夢は嬉しそうに微笑んだ。

「そんな好きなのに、くだらない理由で――」

「くだらなくなんてないもん……だって、本当に羨ましかった……から……」

「ん？」

音夢は欠伸《あくび》まじりにそう言うと、そのまま純一に寄り掛かって来た。

「……お兄ちゃん」

ギュッと純一の服を掴んだ途端、音夢はいきなりスースーと寝息を立て始めてしまった。

春眠暁を覚えずとは言うが、あれだけ寝たというのに、まだ寝足りないらしい。

「ま、いっか……」

なにも言わずに音夢を抱きよせると、純一も心地よいまどろみに身を任せた。

第四章　初夜

「ふぁ〜……」

朝の心地よい陽光を全身に浴び、純一は欠伸《あくび》をしながら大きく伸びをした。

明け方に寝た後はさすがにすぐに目が覚めてしまったが、この数日間の睡眠時間を考えると、逆に寝れたのが不思議なくらいだ。

純一はぼんやりとする頭を振りながら、玄関を出て新聞受けに手を差し込む。

「……あれ？」

「もう、私《わたし》が取りました」

振り返ると、そこにはいつの間にか制服に身を包んだ音夢の姿があった。

「俺《おれ》の仕事を取るなよ」

「じゃあ、もっと早起きしてくださいよ。私だって新聞は見たいんだもん」

「テレビ欄《らん》と四コママンガだけだろ？」

「失礼ね。ちゃんと芸能欄も見てますっ」

あまり大差のないことを言いながら、音夢は手にしていた新聞を差し出した。

——何日も寝てたやつに言われてもな。

純一は苦笑しながら新聞を受け取ると、ふと思い出したように音夢の顔を見た。

「そういえば……身体《からだ》の調子はどうだ？」

「うん？　なんともないよ」

「ならいいけど……」

やはり疲れていただけなのだろうか？

それにしては、眠りすぎのような気もするが、純一もあまり人のことは言えなかった。

「それよりパジャマのまま外に出てこないでください。近所の人に見られたら恥ずかしいじゃないですか」

「そりゃ、おまえがあのシャツ姿で外に出てたら犯罪だろうけど」

悪戯《いたずら》なのか、音夢は久しぶりに家の外だけで見せる裏モードの声で言った。

「わわわ！　出ない出ない、あんな恥ずかしい姿で外になんて絶対に出ない！」

「恥ずかしいという自覚はあったのか……」

「あたりまえじゃないの！」

あっという間に裏モードは消え去り、腰に手をあてて音夢はプッと頬《ほお》を膨らませた。

「ところで、その格好からすると学園に行くのか？」

「風紀委員の会議があるの。卒業パーティも終わったから、これで最後ね」

「そうか……じゃあ、俺は優雅に朝飯でも食うかな」

結局、あのままなにも食べていなかったので、もう空腹感は限界に近かった。とにかく腹になにかを詰め込まなければ、また倒れてしまいそうだ。

だが、家の中に戻ろうとした純一は、服の裾《すそ》を音夢にクイッと引っ張られた。

「……俺にパジャマのまま、学園までつき合えという無言の訴えか？」

「そうじゃなくて……その……日課」

「日課？　でもあれはやめたんじゃないのか？」

音夢はその質問に答えようとはせず、純一の胸に軽く手を当てると、背伸びをしてそっと目を閉じた。

「日課にしようよ」

純一は音夢の意図を悟《さと》って少し戸惑ったが、小さな囁《ささや》きを耳にして、そっと彼女の肩を抱いて身体を引き寄せる。

「……ん」

軽く唇が触れるだけのキスだが、痺《しび》れるような幸福感が全身を包んだ。

「えへへへ……充電完了。それじゃ、行ってきます」

そう言って口元を弛《ゆる》ませると、音夢はそのまま駆け出すように学園へと向かった。

──パジャマ姿よりも、今のを見られた方がよほど恥ずかしいんじゃないか？

その元気そうな音夢の背中を見送りながら、純一はしばらくの間、ボーっと玄関の前に立ち尽くしていた。

はらはらと花びらの舞う桜並木。

その下の散策路を、純一は親子連れのようにさくらと手を繋《つな》いで歩いていた。

「まったく……なにが悲しくて、おまえと手を繋がにゃならんのだ？」

「いいじゃない、デートなんだから」

「そりゃ確かに、今日はおまえにつき合うとは言ったけどさ」

純一は、溜《た》め息《いき》を吐《つ》いて青空を見上げた。

会議のために学園に行った音夢は夕方までは戻らないだろうし、この数日はさくらの世話になりっぱなしだったので、一日くらいはいいだろうと思ったのだが……。

「なんで、今更、花見なんだ？」

「だって日本人はやっぱり桜でしょ？　ねえねえ、あそこに行こうよ」

さくらは純一の手を引きながら、ぐんぐんと先に立って歩き出す。

「あそこってどこだよ？」

「ボクとお兄ちゃんの秘密基地」

「ああ、あの桜の樹《き》のところか」

散策路から少し外れた位置に、まるで桜の王様のように巨大な幹《みき》を持つ樹がある。

まるで見る者を威圧するかのような巨木だが、なんだか優しい感じもする不思議な桜で、さくらや音夢とよく一緒に遊んでいた場所だ。

「懐かしい響きだな、秘密基地って」

純一の呟《つぶや》いた声を掻《か》き消すように、さくらは音を立てて茂みをかき分け、奥へ奥へと入っていく。その後ろ姿は六年前とまったく同じで、ふと懐かしさを感じた。

「とーちゃく」

目の前に大きな桜の樹が現れた。秘密基地と呼んではいたが、特別になにかがあるわけではない。純一は最近見た夢を思い出し、何気なく辺りを見渡した。

ここには、いくつもの思い出がある。

だが、どれほど時間が経《た》とうが、この風景はあの頃《ころ》とまったく同じ姿を留《とど》めていた。

「帰って来たよ」

「ん？」

さくらの声に、純一は反射的に振り返った。自分に話し掛《か》けたのかと思ったが、さくらは桜の樹を見上げて寂しそうに笑っていた。

「……帰って来たよ。おばあちゃん」

聞くつもりはなかったが、風向きのためか、本当に小さな声なのに聞こえてしまった。

——ばあちゃん、か。

純一と同じように、手から和菓子を生み出すことができた……自称魔法使い。

——しかし、さくらがあんな顔をするなんてな。

普段は騒がしい彼女も、あの優しかった祖母のことを思い出すと感傷的になるらしい。

純一は苦笑すると、邪魔をしないように静かにさくらのそばを離れた。数メートルはあろうかという幹をぐるりとまわり込みながら、純一はちょうど反対側を覗《のぞ》いてみる。

——そういえば、音夢を見つけたのはここだったたな。

ふと、先日見た夢の続きを思い出した。

純一が「お兄ちゃん」になった翌日——。

音夢はひとりで姿を消した。

純一の両親から、ずっとこの朝倉の家で暮らしなさいと言われた直後のことだ。

翌日になっても戻ってこなかった音夢を、純一は夜になるまで捜しまわった。足が靴擦《くつず》れを起こし、最後には逆に警察に迷子として保護されてしまうまで……。

さくらに呼び出され、別れの話を聞かされたのは、そんなでき事の最中だった。

両親の都合で海外に出掛けることになった……とさくらは告《つ》げた。

その場所が、この巨大な桜の樹の下だったのだ。

さくらが立ち去った後、ぼんやりとここに立っていた純一は、ふと風の音が運んで来た鈴の音を聞いた。音夢が迷子にならないように……とあげた鈴。

その鈴の音を頼りに、ここに来て——音夢を見つけたのだ。

『お、おい音夢!?』

『……おはよう、お兄ちゃん』

『いなくなったと思ったら、こんなところで寝てたのかおまえ!?』

『うん……気持ちいいでしょ?』

そう言って音夢が笑顔を浮かべた途端、純一は猛烈に腹が立った。あれだけ一生懸命《いっしょうけんめい》に捜しまわっていた間、音夢はこんなところで呑気《のんき》に寝ていたのだ。

『どうしていなくなったんだ? 昨日からずっとここにいたのか?』

『うん』

『キャンプ好きなのか?』

純一は怒りを噛《か》み殺すようにして訊《き》いた。

『キャンプなんてしたことないけど、虫は嫌だね。あと、夜はザザザって音が怖《こわ》い。月でできた樹の影が人に見えたし……誰《だれ》かが歩いてるみたいな音がした』

『……………………』

『遠くで犬が鳴いた……寂しそうだった……夜は寒かった……』

明るかった音夢の声が、徐々に小さくなっていく。やがて身体を震わせるようにして、幹の下にうずくまったまま小さな泣き声を上げ始めた。

『怖かった……すごく怖かったよ……』

『なんで帰ってこなかったんだよっ⁉』

それまで抑《おさ》えていた怒りが、音夢の泣き顔を見た瞬間に爆発した。

『怖かったら俺を呼べばいいだろう！　寒かったら俺の布団《ふとん》まで戻ってくればよかっただろう⁉　俺はおまえのお兄ちゃんなんだぞっ』

『ごめんね……でも、私がいるとお兄ちゃんに迷惑を掛けるから』

『え……⁉』

『おじさんも……おばさんも……お兄ちゃんのお父さんとお母さんなのに……お布団とかご飯とか……っく……みんな私がいるから半分になっちゃって』

音夢はしゃくり上げながら、途切れ途切れに声を漏らす。

『こんな……泣き虫の……私がいないほうがいいの……』

『……っ‼』

バシッ‼

気付くと、純一は思いっ切り音夢の頬を叩《たた》いていた。

叩いた手の方が痛いくらい……。でも、それ以上に胸が痛かった。目が熱くなって、知らないうちに涙が滲《にじ》んでいた。

『心配……掛けるなよっ、バカッ!! 帰るぞ……おまえの家に』

『……私の？』

『いや……俺たちの、だ』

音夢を立ち上がらせて、服の汚れをはたいてやり、最後に叩いた頬をさすってやった。

『バカ』

滲んだ涙が溢《あふ》れ、頬を伝っていた。悔しくて泣いたのは、この時が初めてだった。

純一が泣いたのを見て、また音夢も泣き出した。

『っく……う……ごめ、ごめんなさい……もう迷惑掛けないから……強くなるから』

抱きしめて背中を叩いてやった。

少しだけ背の高い少女は、純一の首に手をまわしてグズグズと泣いていた。

『バカ』

『ごめん……ごめんなさい……わ、私……甘えない……がんばる……』

甘えろよ、と言うには幼すぎた。ただ、守らなくてはいけないと思った。もう、二度とこんな思いをしないために。

『もう……お兄ちゃんって呼ばないから……』

ピリリリリリ!!


純一の回想は、不意に鳴り始めた携帯の呼び出し音に掻き消された。

慌ててポケットから取り出し、液晶画面を覗き込むと、美春からの電話であることを示す文字が並んでおり、純一は思わず首を傾《かし》げた。

この時間なら、美春は音夢と一緒に風紀委員の会議に出ているはずだ。

「……もしもし？」

『朝倉先輩、どこにいるんですかぁ!!』

「どこって……地球」

『ボケてる場合じゃないですよぉ～』

「──音夢になにかあったのか？」

いつになく真剣な美春の声を聞いて、純一はすぐに表情を引きしめた。

『音夢先輩が倒れたんですっ！』

「倒れた……？」

今朝、元気に出掛けて行った音夢を思い出し、純一はすぐには信じられない思いだった。

『あの……音夢先輩……血を……』

「血……？」

携帯を持つ手が思わず震えた。

「……分かった。今は公園にいるから、すぐに迎えに行ける」

通話を切って振り返ると、いつの間にか、すぐそばにさくらが立っていた。

純一の声に異変を感じたのか、神妙な表情を浮かべている。

「音夢ちゃんが……倒れたの？」

「さくら、百メートルを十秒で走れるか？」

「あにゃ？ ……五十メートルを十秒でならいけるよ」

突然の質問に、さくらは不思議そうな顔をしながら答えた。

「よし！ すまないが置いてくぞ」

「うにゃ!? お兄ちゃ～ん」

さくらの声が背中から追い掛けて来たが、純一は一度も振り返ることなく、茂みをかき分けながら音夢の元へと走り出した。

十数分後――。

「まったく、もう」

純一はブツブツと文句を言いながら、ついさっき全力疾走して来たばかりの桜並木を、音夢をおぶって家へと引き返していた。

「……だから、ゴメンって謝ってるじゃない」

「鼻血娘」

「誰が鼻血娘ですかぁ！」

「エセ病弱」

「うにーっ‼」

音夢は背後から、ポカポカと純一の頭を叩いた。

だが、純一にしてみれば、これでもまだ言い足りないくらいだ。

美春からの電話を受けて学園まで駆けつけた純一は、校門の前に何事もなかったように立っていた音夢を見て、そのまま一気に脱力してしまう思いだった。

血を吐いた……と、聞かされていたから、一時は最悪の事態まで想像していたというのに、実際には血は血でも鼻血の誤りだったのである。

音夢は風紀委員会の会議中に、鼻血を出し、貧血を起こして倒れたのだ。

もっとも、体調が悪いのは確かで、フラフラとおぼつかない足取りの音夢を、純一はこうしておぶって帰る羽目になったのである。

「会議の方はどうなったんだ？」

「いるだけ邪魔になっちゃうからね。重要な会議じゃないし、早退させてもらったよ」

「ほう、めずらしいな。おまえが自分から帰ろうとするなんて」

「いや……まぁね」

背中にいるので表情は見えなかったが、純一には音夢が照れているような気がした。

「なんだよ？」

「兄さんに早く会えるかなぁ、とか思っちゃったりしたりして」

てへへ、と照れ隠しのように笑いながら、音夢は背後から純一の頬をつついた。

「まったく……でも、心配損でよかった」

「あ、ごめんなさい」

不意に音夢の声が真剣なものに変わる。

「美春から連絡が行ったんでしょ？　ごめんね、急いで来てくれたんだよね」

「別にいいさ、いつものことだし」

事実、この程度のことは別に苦にならない。

あの幼い日……純一は自分に誓ったのだから。音夢をずっと守ってやる……と。

「……兄さんの背中って気持ちいいね。なんだか眠くなっちゃった」

「寝ちゃってもいいぞ。そのまま寝かせといてやるから」

第四章　初夜

「うん……おはよう、って起こしてね」

「ああ」

純一が頷《うなず》くと、音夢は満足したように、そっと背中に顔を寄せて来た。

「あのね、兄さん……」

「なんだ？」

「私、本当は島の外に出ようと思ってたんだ。看護師さんになりたいなって……でも、やめちゃった」

「なんの話だ？」

あまりにも急な話に、純一はついて行くことができずに背後の音夢を振り返った。

「私ね、人に迷惑掛けないで、逆に人を助けてあげられる人になりたいって……思ってたの。でも……兄さんと、もう少しだけ一緒にいたいから」

「…………」

「ダメだね、私……本当に甘えんぼうで、迷惑ばっかり……掛けてる……」

考えてみれば、音夢と将来の話をしたことがない。音夢が看護師になろうとしていたなど、純一は想像もしていなかった。

「あのさ……音夢」

「…………」

「音夢？」

そっと揺すってみるが、音夢からは返事がない。眠ってしまったのかと思ったが、首筋に掛かる吐息がやたら熱く、荒い呼吸音が聞こえてくる。

「おい、音夢？　寝てるだけか？」

「けほっ……うう、ん……兄さん……」

ギュッと背中から抱きつく力が強くなった。

「チッ」

純一は音夢を抱えなおすと、降り積もった桜の花びらを踏みしめながら、少し足を速めて家へと向かった。


「……ぅ……ん」

とりあえず、居間のソファに寝かせた音夢が、苦しげな息を漏らす。

「やっぱり、ちょっと熱があるな」

それほどではないが、額に当ててた手から伝わる体温は心なしか熱い。もはや、手慣れてしまった感もあるが、たらいに汲《く》んで来た水にタオルを浸して音夢の額にのせる。

本当はベッドへ運んだ方がいいのだろうが、ずっと音夢をおぶったまま駆け通しだった純一には、さすがに二階へ運ぶ体力は残っていなかった。せめて、制服では苦しいだろうと、いつものシャツに着替えさせてはいたが。

「ん……すぅ……」

「なんか、こうやって看病するのも久しぶりだよな……音夢」

少し音夢の寝息が落ち着いたのを見届けて、純一はソファの脇《わき》に座った。

答えはないけれど、その無防備な寝顔を見ているだけで胸が痛い。いつもは頑張《がんば》り屋《や》の妹に対する心配なのだが、今は恋人として、音夢に傷ついて欲しくなかった。

「もう耳タコだろうけどさ、おまえは頑張りすぎなんだよ」

純一はぷよぷよした音夢の頬をつついた。

「もっと素直に甘えてくれればいいんだ。そうしたら、俺は……」

「俺は……なに？」

気付くと、音夢は片目だけを開けて、純一を見上げていた。

「うっ、いつから起きてた？」

「頬をつつかれた時にね」

ゆっくりと上半身を起こすと、音夢は楽しそうに純一の顔を覗き込んだ。

「それで、俺は……なに？」

「……聞きたいのか？　熱が上がってもしらないぞ」

「いいんだよ。私は体温が低いから、兄さんから熱をもらうくらいで丁度いいの」

純一の腕を抱きしめながら、音夢はニコリと笑った。

——仕方がない。

ハーッと溜め息を吐いて、純一は覚悟を決めることにした。すでに、音夢には純一がなにを言おうとしているのか察しはついているだろう。ここで誤魔化したとしても、しつこく追及してくるに違いないのだ。

「あのさ……俺、本気でおまえのこと好きだ」

大きく息を吸い込むと、純一は一気に言った。

「それでさ」

「あ、ちょっと待って、ちょっと待ってっ!!」

音夢は純一の言葉を制するように片手を上げた。

「な、なんで突然そんなこと……は、恥ずかしいよ」

「自分で振ったんだから聞けよ」

「そうだけどさぁ……」

音夢はこれが純一の告白だと確信したのだろう。顔を真っ赤にすると、気持ちを落ち着かせようとするかのように深呼吸した。

「でさ、その……怒らずに最後まで聞けよ」

「う、うん」

「今までの俺たちは、ちょっと『ごっこ』だった気がするんだ。恋人ごっこ……っていうのかな。なんか兄妹の延長にぶら下がっていた感じでさ」

純一は自分でそう口にしながら、ここしばらくのふたりの関係を思い返していた。

抱きしめたりキスをしたり、お互いに好きだと口にする……。

けれど、もしこのまま恋人へと発展しなければ、しばらくはギクシャクするけど、いつも通りの兄妹に戻れてしまうような、曖昧《あいまい》な関係だったような気がするのだ。

「兄さん……やっぱり迷惑だった？」

「だから、先に最後まで聞けと言っただろうがっ」

先走って悲しそうな表情を浮かべる音夢を一喝《いっかつ》すると、純一は慌てて補足するように言葉を続ける。

「俺はおまえを、妹としてじゃなくて、本気で恋人として好きになると言ってるんだっ!!」

「な、なんでそういうことを怒りながら言うのよ！」

音夢はそう怒鳴り返すと、ハーッと溜め息を吐いて、小さく首を振った。

「あぁ……もったいない……もう、この兄さんたら全然分かってないんだから……」

「な、なんだよっ!?」

「バカ……」

こつん、と音夢は純一の胸に頭をくっつけて来た。

「私も兄さんのこと好きだよ。本当に好き。だから、もし兄さんが私をひとりの女性として見てくれるなら、そんなに心配しないで」

「音夢……」

「兄さんが私を守るって言ってくれるように、私も兄さんに幸せになって欲しいの」

音夢はそう囁くと、そっと純一の背中に手をまわして来た。


どちらが先に求めたのか、ふたりの唇は自然と重なり合った。

最初は軽く、そして徐々に深いキスへと変わっていく。純一は、音夢の冷たい唇に温かさを分けてやりたくて、彼女の口内へと舌を伸ばしていった。

「っ……んん！」

ギュッと、背中にまわされた手に力がこもる。

まだ慣れないためか、どうしていいのか分からずに戸惑っている音夢の舌を絡め取ると、純一は自分の愛情を注ぎ込むかのように愛撫《あいぶ》していった。

お互いの吐息が絡まり、音夢の匂《にお》いが鼻へと抜ける。

純一は、そのまま音夢に体重を掛けてソファへと寝かせた。

「音夢……本当にいいのか？」

「う、うん……私を、兄さんだけのモノにして」

本当は体調のこともあるし、初めてのことで不安なのだろう。それでも、音夢は純一を拒否しようとはしなかった。

——優しくするよ。

そんな気持ちを込めて、純一は音夢の額にそっと唇で触れた。

「あ、えへへ……キスされると安心する」

ぎこちなく笑みを浮かべる音夢を、純一は心の底から愛《いと》おしいと思った。

今まで音夢と接して来た中で、彼女を女性として見ていた部分は確かにあった。

けれど、それは世の中にたくさんいる可愛《かわい》い娘に、ちょっとだけ目を奪われるのと同じような感覚だったのだ。

——でも、もう……今はダメだ。

音夢の可愛さに気付いてしまった今となっては、その言葉や照れた表情……彼女のすべてに対してメロメロになってしまっている。

一度頭に血が上ってしまうと、もう純一は止まらなくなってしまった。

決して音夢の身体のことを心配していないわけではないのだが、それ以上に彼女とひとつになりたいという気持ちの方が強くなっていく。

音夢がパジャマ代わりにしているシャツのボタンを外し、純一は震える手でそっと前をはだけた。ピンク色のブラジャーが現れたが、それもグッと上に押し上げてやる。少し小振りではあるが、形のよいふたつの乳房が純一の前に晒《さら》された。

「あっ……は、恥ずかしい……」

ずっとされるがままになっていた音夢が、初めて小さく声を上げた。

「なにが恥ずかしいんだ？」

「だって……兄さんに見られてるんだもん」

「恥ずかしがることなんてないさ。こんなに可愛いんだから」

純一はそう言うと、ゆっくりと音夢の胸に顔を寄せていく。

「うわぁ！　だから……あっ！」

膨らみの頂点に軽く口付けすると、音夢はビクッと身体を震わせた。空いているもうひとつの胸にそっと手を這《は》わせ、壊れものを扱うように静かに触れる。

「っん！　あ……兄さんっ！」

音夢の胸は柔らかく、ほんの少し力を加えるだけで、手のひらの中で自在に形を変えた。

あの小さかった音夢が、いつのまにかこんなに女の子らしい身体つきになっていたのかと思うと、なんだか不思議な感じがする。

「兄さん……あぅ……ん‼」

乳房にゆっくりと愛撫を加えていくと、もとから熱っぽかったせいもあるのだろうが、音夢の身体はあっという間に桜色に変わった。いつの間にか、手のひらと唇に挟まれたピンク色の乳首も少しずつ頭をもたげ始めている。

純一は、勃起《ぼっき》し始めた乳首の先端を甘噛みしながら、片手で音夢のウエストラインをなぞって腰へと下ろしていく。

「……あッ、あんッ！　だ、だ……」

ダメと言い掛けた音夢は、自らの唇を噛んで次の言葉を飲み込んだ。

ここで少しでも拒否の態度を取れば、純一が自分の身体を気遣《きづか》って、それ以上は求めてこないことを知っているから……。

そんな音夢を愛おしく感じながら、純一は胸から首筋、唇へとキスの雨を降らせていく。

音夢の身体から硬さが抜けた頃を見計らい、腰の辺りで止まっていた手をショーツの上に滑らせ、下着越しに、軽く湿り気を帯び始めているくぼみへと移動させた。

「もう濡《ぬ》れてる」

「あ、いやっ!!　言わないで、兄さんっ」

固く目を閉じたまま、音夢はいやいやと首を振った。

女性経験のない純一には比較することができなかったが、音夢の反応は敏感な方だろう。

指を軽く前後に動かすだけで、小さな喘《あえ》ぎ声が漏れる。

「あ……はぁん！　っ……あ！」

徐々に溶けていく音夢の表情が見たいがために、純一は宝探しのように指を動かし、彼女の一番敏感なところを見つけ出そうとした。

「兄さん……兄さん、兄さん……」

譫言《うわごと》のように純一を呼ぶ音夢の声が、麻薬のように脳を駆けめぐる。すぐにでも重なっていきたいのを我慢して、純一は音夢が強く反応する場所を探し続けた。

「あっッ……ああッ！」

ようやく探り当てた小さな突起を刺激した途端、音夢の身体がビクッと跳ね上がる。足をピンと反《そ》り返らせ、一瞬、声にならない声を上げた後、音夢の身体はグッタリとソファに沈み込んで来た。

純一の指はぐっしょりと湿り気を帯び、音夢の下着も水音を立てそうなほど濡れている。ピンクの下着を透かして、薄く茂る秘所が見えた。

「……大丈夫か」

と、口から出掛けた言葉を噛み殺す。

今は下手《へた》な気遣いよりも、音夢を愛してやるべきだと思い直したのだ。

「音夢……いいか？」

「う、うん……兄さん、もう……いいよ……」

頭が朦朧《もうろう》としているのだろう。音夢の言葉はあやしげであったが、純一の言葉にはしっかりと頷き返して来た。純一はあまり恥ずかしがらせないように、音夢の片膝《かたひざ》を立てて、ショーツをスッと素早く下ろした。

「あッ……んくッ!!」

途端、音夢は両足を強《こわ》ばらせ、ギュッと目を閉じる。

「し、下着……がこすれて」

早く脱がしてしまおうとしたために、股間《こかん》を刺激してしまったようだ。見ると、音夢のそこは、うっすらと水滴をしたたらせるくらいに湿っていた。

「……ソファ、汚れちゃうね」

「バカ」

「えへへへ……いいよ、兄さん」

照れ隠しなのか、それとも初めての不安を紛らわせようとしているのか。音夢は少しおどけたように笑みを浮かべた。

「今まで我慢して貯金してた分……兄さんを全部ちょうだい」

「あ、ああ……」

グッと胸が詰まる。本当に、今まで音夢が我慢して来た心が流れてくるような、そんな呟きだった。純一はそんな音夢に応《こた》えるべく、手早くベルトを弛めると、自分のモノを取

り出した。

「あ……」

「どうした？」

「う、ううん……ちょっと想像より大きくて……。それ、入るの？」

すでに限界まで高まっている純一のモノを見て、音夢は驚いたように軽く息を呑《の》んだ。

「たぶん。だけど、最初は我慢してくれ」

「大丈夫だよ。うん。平気へっちゃら」

強がりであることは明白だが、ここで止《や》めるわけにはいかない。純一は音夢の両足の間に割って入ると、なるべく痛くないように……と、彼女の秘所にモノをこすりつけて濡らしていった。

「あ……ッ!! 兄さんが当たって……」

「力を抜いてろよ」

純一は、グッと腰に力を入れ、ゆっくりと音夢の中へ身を沈めた。

「……んッ！」

音夢は縋《すが》るものを求めるように、枕代《まくらが》わりにしていたクッションを握りしめる。

ぬめった細い道が、純一のモノを包み込みながら広がっていくが、やはり最初だけあって、なかなか思うようには進んでいかない。グッと中途半端な位置で奥に当たったような感じがしたが、少しだけ力を加えた途端、そのままモノが一気に根元まで沈み込んだ。

「あッ!!　くッ！　んんッ……!!」

音夢の瞳《ひとみ》に大粒の涙が浮かぶ。必死になって声を抑《おさ》えようとしている音夢を見た純一は、さすがにこのままというわけにはいかず、反射的に身体を離そうとしたのだが……。

「いやッ……兄さんっ!!　いなくならないで……ずっと……」

音夢は慌てて純一の背中に手をまわして来た。自らの胎内《たいない》にいる純一を逃さないかのように、息遣いや身じろぎに合わせ、音夢の内部はヒクヒクと別の生き物のように動く。

「兄さん……嬉《うれ》しい……兄さんを感じるよ」

「でも、痛いんだろう？」

「痛くないよ……ううん。痛いのも、熱いのも、優しいのも全部兄さんだよね」

「音夢……」

感激と音夢の内部の心地よさに、純一の頭の中でなにかが切れた。もう、ここまで来た以上、引き返すことはできないのだ。最後に残った理性を総動員して、なるべく音夢に負担を掛けないように、純一はゆっくりと腰を動かし始めた。

「あッ……兄さん……んッ！　はぁはぁ……あッ！　ん！」

純一は音夢の汗ばむ胸を揉《も》みしだき、唇を重ねて、彼女のすべてを感じようとした。

「あァ！　やだ、ッ……あ!!　はぁはぁ……」

挿入《そうにゅう》を繰り返すごとに、音夢の乳房が揺れ、手足が強ばる。言葉を詰まらせ、音夢は目から涙をこぼしながら首を振った。その身体に汗がしたたるのを見ながら、純一は必死になって音夢を愛し続けた。

やがて津波のように襲って来た限界に逆らわず、純一は今までずっと我慢して来た音夢への想《おも》いを、白い精液と共に彼女の胎内へと放出した。

「あ……はぁ……熱いよ……兄さん……」

「音夢……」

純一は音夢と繋がったまま、そっとキスをした。

それは恋人同士になった純一と音夢が交わす、最初の……一番幸せな口付けだった。

「よぉし、行くのだ！」

「にゃぁ～、いいのかな？」

「構わん。既成事実さえ作ってしまえば、こちらのものだ」

「でもさぁ、やっぱり接吻《せっぷん》も結婚してから……というのが大和撫子《やまとなでしこ》じゃないかな？」

「現代の環境でそのような古きしきたりは、すでに意味を失っている！」

「伝統は大事だと思うけど？」

「しかし、ことは一刻を争う以上、伝統も弁当もあるまい。君が貞操《ていそう》を守りたいのならば、仕方ない……俺が熱い口付けを」

「うにゃっちゃ！　ダメダメ！　それならボクがやるよぉ」

「うるせぇ――っ!!」

枕元でゴチャゴチャと言い合う声に、純一はガバッとベッドの上で跳ね起きた。

「うにゃぁ!!」

その勢いで、布団の上に乗ろうとしていたさくらがベッドから転がり落ちる。

――なんなんだ、一体っ⁉

純一はボリボリと頭を掻きながら、改めて室内にいた人物を見まわした。

「うにゃ～、お兄ちゃん。おっはよん」

今日も元気そうな、さくらは……まだ分かる。

だが、うたまるを膝の上に乗せ、机《つくえ》の前の椅子に座っている杉並が、どうしてここにいるのかが、寝起きの頭では理解できなかった。

「ふふふ……天《あま》の岩戸《いわと》作戦は成功したようだな」

「うん、ミッション・コンプリートだね♪」

「は？」

「天の岩戸というのは、天照大神《あまてらすおおみかみ》が隠れた岩戸の前で、裸のネーちゃんが踊って……」

「そんな説明しろなんて言ってないっ!!　なんなんだおまえら凸凸《でこでこ》コンビはっ!?」

「でこでこ？」

前髪を掻きあげて、さくらがおでこを見上げる。

「デコボコじゃなくて、ふたりとも自己主張が強すぎるってことだっ」

「まあまあ、少しは落ち着け。で、身体はどうなんだ？」

「身体？」

杉並の言葉に、純一は自分の身体を見まわした。

別にどこもおかしなところはなく、ちゃんとパジャマを着ている。

「別になにも……だが、異常に腹が減ってるな」

「それはそうだろう」

杉並の相槌《あいづち》に、さくらが補足するように言う。

「お兄ちゃん、また前みたいに丸二日寝てたんだよ」

「……はぁ？」

「冗談でもドッキリカメラでもなく、いたってマジ話だ」

「そうそう、またまたボクの不法侵入のおかげで気付いたのだ。えっへん！」

どうやら不法という自覚はあったらしい。

純一は手を伸ばして枕元に置いてあった携帯を取り、その画面で日付を確認した。

最後に記憶のある日から、確かに丸二日が経過している。

「……音夢は？」

純一は何気なく訊いたのだが、途端にさくらと杉並の表情が曇った。

互いに目配せをしながら、どちらが事情を説明するのか……という感じだ。

「なんだよ？　一体なにが……っと」

ベッドから立ち上がろうとしたのだが、何故《なぜ》か身体が思うように動かなかった。

「うにゃ！　ダメだよお兄ちゃん！」

「教えろ、音夢になにかあったのか？」

制止しようとするさくらの言葉を無視して、純一がそのまま歩き出そうとした時。

ごすっ!!

いきなり腹部に膝を入れられ、純一は悶絶《もんぜつ》してベッドへと倒れ込んだ。

「ぐっ……お……!?」

「半病人が無闇《むやみ》に暴れるんじゃないっ」

その半病人に蹴《け》りを入れたのは杉並自身なのだが、本人はまるでそのことを自覚していないかのようだ。

「あ、あのね、お兄ちゃん……落ち着いて聞いてね」

腹部への衝撃で、反論すらままならない純一に、さくらが沈痛な表情で言う。

「音夢ちゃん……この二日間入院してて、今は隣の部屋で寝てるんだよ」

「そして、俺は朝倉妹を運ぶための荷物要員だったというわけだ」

――入院⁉

その言葉を聞いた純一は、思わず愕然《がくぜん》としてしまった。

あの日――音夢は身体の調子がおかしかったのだ。それを知っていながら、純一は彼女を抱いてしまったのである。

――俺のせいか⁉

だが、あの後、音夢が自分の部屋に戻る時には、そんな入院しなければならないほどの様子など微塵《みじん》もなかったはずだ。

「医者も匙《さじ》を投げた感じでな、まったく未知の症状らしい」

「そんな……」

純一は、思わず自分の胸に手を当てた。

杉並に蹴られたのは腹だというのに、胸の方がキリキリとしめつけられる感じだ。

「おまえは知っていたんだろう？　朝倉妹の不調に原因が見当たらないことは」

「それは……」

純一は曖昧に頷いたが、二日も寝込んでしまう病気となると話が違ってくる。

「でも、一体、なんの病気なんだ？」

「遺伝子の病気で、そういうのがあるらしいけど……」

「まあ、肉体的に原因が見つからない以上、心因性ということも考えられる」

さくらと杉並が交互に説明したが、結局はよく分からない状態のようだ。

だが、心因性と聞いた時、純一はハンマーで殴られたような衝撃を感じた。

――心の方からくる病気だとしたら……。

その原因に、純一がかかわっていないはずはない。

「大丈夫？　お兄ちゃん」

さくらが顔を覗き込んで来たが、純一には返事をする余裕もなかった。

「おまえ……もしかして自分が原因だと思っているなら大間違いだぞ。ただの思い込みに過ぎん。言っておくが、朝倉妹だけではなく、おまえも倒れているんだからな」

杉並の言葉に、純一はハッとした。

音夢の病気の原因もさることながら、純一自身にも変調は訪れているのだ。症状は音夢よりも軽いようだが、これはどう解釈すればいいのだろうか？

「あ、あのね……お兄ちゃん。ボク……」

なにかを言おうとしたさくらの口を、いきなり杉並が塞《ふさ》いだ。

「ま、原因が心にあるとすれば……だ。それを取り除くためにはどうすればいいのか……。おまえが一番よく知っているんだろうな」

「ああ、たぶんな」

「うむ……では眠いので、俺はそろそろ帰らせてもらうとしよう」

「うにぁ～」

杉並はさくらを子猫のように持ち上げると、そのままドアへと向かった。さくらもそのまま戻るつもりなのか、抵抗もせずに大人《おとな》しくしている。

「そうそう」

ドアノブに手を掛けたまま、杉並が振り返った。

「なんだ？」

「いや……独自のルートで手に入れた情報があるんだが。通知がくる前に、おまえには伝えておいた方がいいだろうと思ってな」

「なんだよ？」

「朝倉妹……本校への進学な、ドクターストップだ」

「……え？」

「じゃあな」

それだけを言い残すと、杉並はドアの向こうへと姿を消した。

第五章　花びら

郵便受けを覗《のぞ》き込んで、入っていた新聞を取り出す。

他にもいくつかのダイレクトメールが出て来たが、杉並の言っていた、音夢の進学拒否を告げる学園からの手紙はまだ届いておらず、純一はフーッと安堵《あんど》の溜《た》め息《いき》を吐《つ》いた。

——あれが杉並の冗談だったらいいんだが。

もし、そうであったなら、杉並を殴り倒して終わりだ。だが、年賀状《ねんがじょう》に「子供が生まれました」という写真つきのハガキを送ってくるようなやつだが、その手の冗談だけはしないことを長年のつき合いで知っている。

「はぁ……」

爽《さわ》やかな春の朝日とは対照的に、純一は肩を落として地面を見つめた。

そろそろ三月も終わり、季節は完全に春へと移りつつある。春休みもそろそろ後半になり、本校の入学式まであとわずかだ。

なのに……音夢は相変わらず寝たり起きたりの生活を続けていた。

「にゃ〜」

「お、おまえは散歩か？」

気付くと、いつの間にか純一の足下に、神への反逆者たるうたまるがすり寄っていた。

そっと手を伸ばして抱き上げると、手触りは間違いなく猫だ。

「にゃ？」

「どっかにファスナーとか、電池入れる場所でもあるんじゃないのか？」

ひっくり返したり、逆さまにしたりして確認してみるが、どこにも機械であることを示すような証拠は見つからなかった。

「くそ、本当に猫なのかおまえは⁉」

「うたまるをイジメちゃダメだよ」

不意にパジャマを引っ張られて振り返ると、そこには口をへの字に曲げたさくらが、純一を睨《にら》むように見つめていた。

「お、朝早いな。さくら」

「おはよー。でも、ボクはいつもこのくらいには起きてるよ」

さくらは純一の手からうたまるを持ち上げ、自分の頭の上に乗せた。

普段は底抜けに明るいさくらの表情がなんだかいつもよりも暗いことに気付いて、純一は思わず首を傾《かし》げた。

「どうした？」

「お兄ちゃんさぁ……音夢ちゃんとキスした？」

「いっ――⁉」

いきなりの質問に、純一は誤魔化す余裕もなく素直に驚きの表情を浮かべた。

「……やっぱり」

「いや、その……」

覚悟を決めた以上は誰《だれ》に対しても胸を張っていられると思っていたのだが、さくらに気付かれたと分かると、なんとなくバツが悪かった。実はそれ以上のこともしました……などとは、口が裂けても言えない状況だ。

「それって熱を測っていた時の事故とか、転んだ拍子とか……じゃないよね？」

「あ、ああ……」

純一は頷《うなず》きながら、さくらにだけは報告しておくべきだと思い直した。

幼い頃《ころ》からのつき合いで、純一に対しても好意を見せている相手なのだ。後々の誤解を与えないように、ここははっきりと明言しておく必要がある。

「実はな……さくら。俺《おれ》、音夢と恋人になった」

「……のに」

「え？」

「ダメだって言ったのに!!」

さくらの突然の叫び声に、純一は反射的に身を引いてしまった。

「白河さんも、美春ちゃんもいるじゃないっ!?　なのに……どうして音夢ちゃんなの!?」

「さ、さくら?」

「お兄ちゃんがボク以外の人を好きになったら、潔く身を引くつもりだった。だけど、音夢ちゃんだけはダメなんだよ」

「おまえ、なにを言って……」

突然のことに、純一は思わず言葉を詰まらせてしまった。

さくらは以前にも同じようなことを言っていたが、あれは単に純一たちの話を勘違いしていただけではなかったのだろうか?

あまりにも真剣なさくらの表情に、純一が言葉の意味を問い直そうとした時。

「兄さん、そこにいるの——あっ、さくらちゃん。おはよう」

玄関のドアが開いて、音夢が姿を見せた。

「音夢……!?」

「あ、うにゃ……音夢ちゃん、おはよう」

音夢が起きて来たことにも驚いたが、それ以上に、コロリとシリアスさが抜けて、いつもの顔に戻ったさくらに、純一は思わず唖然《あぜん》としてしまった。

さくらの外見と内面の差を、まざまざと見せつけられた思いだ。

「へ……へくしゅ！」

「音夢ちゃん、まだ調子悪い？」

「あ、なんか……くしゅ……ん、花粉症みたいな感じで」

「おまえ……身体《からだ》の方はなんともないのか？」

純一が尋ねると、音夢は、別に……と首を傾げた。どうやら自分が眠り続けているという自覚もないようだ。

「こんな朝から、なに立ち話してるんです――って、あ、うたまるさんだ～」

さくらの頭に乗ったうたまるに気付き、音夢は手を伸ばして白猫の頭を撫《な》でた。

「あははは、可愛《かわい》い♪　兄さん、やっぱり猫飼おうよ」

「それはダメだ」

純一は強く拒否する。万が一、音夢がうたまるのような猫を連れて来たりしたら、純一が安息できる場所はなくなってしまうだろう。

「ちぇっ……」

「じゃあさ、一日だけ預かってみる？」

物欲しげにうたまるを見つめる音夢に、さくらが不意にそう提案した。

「え、いいの⁉」

「その代わり、お兄ちゃんを一日貸して。積もる話もあるしね」

さくらは目を細めて小さく微笑《ほほえ》んだ。

その瞳《ひとみ》には、普段の子供のような無邪気さはなく、妖《あや》しげな悪女めいた光が浮かんでいる。その変貌《へんぼう》ぶりは、音夢の猫かぶりのレベルどころではない。

そんなさくらの姿に、純一は改めて彼女が自分と同じ祖母の血を引いていることを思い出した。今まで考えたこともなかったが、純一が中途半端とはいえ特殊な能力を持つように、さくらもまた、なんらかの力を持っていても不思議ではないのだ。

「おまえな……」

さくらに問い詰めたいことは色々とあったが、彼女の言葉には音夢を挑発するような響きも含まれている。

「あ、その……いや、そんな貸し借りなんてねぇ」

音夢は戸惑うように純一を見た。

さくらも深く青い——祖母と同じ瞳で純一を見上げている。

——こいつの真意はなんなんだ？

単に、純一と音夢の仲を嫉妬《しっと》しているだけとは思えない。言外になにかを伝えようと……あるいは警告しようとしていることは確かだ。

それが音夢との関係にあるのが明らかである以上、ここはさくらの誘いに乗って、ひとりで彼女の家に行ってみるべきだろうか。

純一はしばらく迷っていたが、結局はその考えを否定した。たとえ、さくらに別の思惑があったとしても、音夢を否定するような言動はできなかった。

「うたまる……少しの間とはいえ、ご主人と離ればなれはイヤだよな」

「にゃ～」

軽く頭を撫でてやると、白猫は小さく鳴いた。

「お兄ちゃん……」

提案を拒否されたというより、自らを否定されたかのように、さくらは寂しげな顔をして純一を見つめた。いや……事実、純一はさくらよりも音夢を選んだのだ。

「俺はこいつの面倒だけで手いっぱいだからな」

自分の頭の上に置かれた手に、音夢が目を丸くする。

「ちょっと兄さん……それは一体どういう意味かしら？」

「そのまんまだろうが」

ムッとした表情を浮かべる音夢の頭を、純一はくしゃくしゃと撫でた。

「あうっ……やめてよ、髪がぐしゃぐしゃになっちゃうよ」

「いつまでも、こいつは手が掛《か》かるんだよ。たぶん、これから先もずっと」

純一の声はおどけていたが、顔に笑みは浮かんでいなかった。

そこに純一の決意が込められていることを知ったさくらは、ちょっと驚いたように目を見開いていたが、やがてフッと表情を和《やわ》らげる。

「そっか……残念無念」

さくらは頭の上からうたまるを下ろして、腕の中で抱えなおした。

「ラストチャンスかな……とか思ってたんだけど、やっぱり入り込む余地なしか。初恋がようやく失恋しちゃった」

「え？　え？」

ふたりの会話の意味がよく分からないのだろう。

音夢は不思議そうな顔をして、純一とさくらを交互に見つめている。

「なんでもねえよ」

純一はポンと音夢の頭を叩《たた》くと、改めてさくらの正面に立った。

「ごめんな、さくら」

「いいんだよ」

さくらはゆっくりと頭を振った。

「ボクは、お兄ちゃんのことが本当に好きだから……幸せになって欲しいんだ」

「さくら……」

静かに微笑むさくらを見ていると、なんだか胸が痛かった。

子供のような姿をしているくせに——音夢と同じくらい、わがままで甘えん坊だと思っていたのに。実は彼女が一番、大人《おとな》だったのかもしれない。

「……っ⁉」

穏やかな笑みを浮かべていたさくらの表情が、不意に凍りついたものに変わった。

ドクン‼

さくらの表情に……いや、激しい胸の高鳴りに襲われ、純一は咄嗟《とっさ》に背後を振り返る。

そこには地面に膝《ひざ》をつき、口元を両手で押さえながら、まるで子供のような目で純一を見上げている音夢の姿があった。

「……けほっ」

「音夢っ⁉」

「大丈夫、大丈夫だから」

音夢はそう言って笑い……まるで花びらのように、音もなく地面に倒れた。


純一は床の上に座り、壁に背中を預けたまま、規則正しく時を刻む時計をぼんやりと眺めていた。その時計の向こうに見える純一のベッドには、やはり規則正しい寝息を漏らす音夢が横たわっている。

昨日の朝……音夢が玄関前で倒れて以来、往診に来た医者や、見舞いに来た美春やことりたちなど、家を訪れた多くの人に囲まれ続けていたが、それが一段落してようやく人心地ついたところであった。

音夢の本校進学を見合わせるという通知は、そんな騒ぎの合間を見計らったかのように、そっと郵便受けに入っていた。

事務的な、それも一方的な通告の文書を放り出すと、純一は天井を見上げて顔を撫でた。

「なんで物臭《ものぐさ》な俺が、こんなに働いているんだ？」

純一はひとりごちる。それは、音夢をこんなふうにした神様へ、そしてなにもできずにいる情けない自分に対する文句だ。

「……腹減ったな」

和菓子を作って口の中に放り込むが、カロリーを消費して生み出される食べ物に意味はない。舌は誤魔化せても、消化されるまでは差し引きでもマイナスだ。

気がついたら、出前を頼める時間はとっくに過ぎていた。この時間では、コンビニか深夜営業のファミレスに駆け込むしかないだろう。

だが……そう思いながらも、純一は音夢のそばから離れることができなかった。

原因不明の眠りは、いつ目が覚めるのか誰にも分からない。けれど、音夢が起きた時、どうしてもそばにいてやりたかった。

おはよう……と、起こしてやりたかったのだ。

コンコン、と不意に控えめなノックの音が聞こえて来た。

「入ってます」

「それはそうだよ」

そっとドアを開けて、さくらが笑顔を覗かせた。

「よう……」

「電気くらい、点《つ》けなきゃダメだよ。寝てるのかと思った」

「今から寝ようとしてたからな」

「うにゃ、寝るって、ベッドでは音夢ちゃんが寝てるよ」

音夢を見ながらさくらが呟《つぶや》く。

「添《そ》い寝《ね》するんだよ」

「うにゃ⁉」

「……嘘《うそ》に決まってるだろうが」

「お兄ちゃん、それもいいかなとか思わなかった？」

さくらは笑いながら純一の隣に座り込むと、ビニール袋を純一の前に置いた。袋の中には、コンビニのおにぎりやサンドイッチが詰まっている。

「なんだこれ？」

「ご飯だよ。お腹空《なかす》いてるでしょ？」

「……よく分かったな」

「そりゃ分かるよ。お兄ちゃんのことだもん」

膝を抱えてさくらが微笑む。

「面倒くさがりのくせして、実はどんな時でも一生懸命《いっしょうけんめい》で……本当に変わってないなぁ」

「そうか？」

「ボクが戻って来た場所は、この島じゃなくて、お兄ちゃんのそばなんだよね」

「…………………」

純一は黙って目を閉じた。

さくらは別に、ご飯を届けに来たわけじゃない。それは告白。これから始まる長い長い告白の最初に、その覚悟としての独り言だったのだろう。

「俺だって、おまえのことは知ってるぞ」

「え？」

「まわりくどくて、結局、人の顔色ばっか窺《うかが》って損をするんだ」

「……うん」

窓の外で桜の樹《き》が揺れていた。

花は散る。しかしこの島は、それが夢だというように、いつまでも花が咲いている。

――現世は夢、夜の夢こそ誠。

昔、どこかで聞いた言葉だ。

それならば、こんな夢のような空気の中でこそ真実は語られるべきなのだろう。

「音夢ちゃんの不調の原因だけど……たぶん……聞かないほうがいい」

「どうしてだ？」

詰問はせず、あくまで何気なく問う。

「それは……説明すると長いし、変な話だから」

さくらは曖昧《あいまい》に言葉を濁した。もとより、それが話せることならば、彼女はとっくに語っていたのだろう。純一は溜め息を吐いて首を振った。

「じゃあ、原因と解決法だけでもいい」

「音夢ちゃんから離れて」

純一が訊《き》くと、さくらはキッパリと断言した。

「それは、俺が音夢にとって精神的な重荷だからか？」

「正しくはないけど、間違ってもいない。う〜ん、状況なしで説明するのは難しいなぁ」

「長ったらしい解説なんていいさ」

純一は軽く手を振った。

どうして――の部分は、さくらが納得しなければ説明されまい。

「簡単に言えば、音夢ちゃんのこと嫌いになって欲しい。もしくは、音夢ちゃんがお兄ちゃんのことを嫌いになってくれれば……」

「なんだそりゃ？」

音夢の不調を治すのに、どうして嫌いにならなければいけないのだろう。

どこにあるか分からない薬草を取ってくるとか、魔法使いを捜してこいと言われる方が、まだ理解できるような気がした。

「そうだなぁ……身体に悪い影響を与える恋煩《こいわずら》い、というのが一番分かりやすいかな」

「んな……まさか」

あまりにもバカげた話を鼻で笑い飛ばそうとしたのだが――。

初めてのキス。

初めて抱いた夜。

音夢の異変が顕著になったのは、やはり純一との関係が深いものに変わってからだ。

「音夢ちゃんは、お兄ちゃんと心で結ばれてるんだ……強く強く」

それが音夢ちゃんの力なんだ、とさくらは言った。

「でもそれは喜びを二倍にするけれど、悲しみや苦しみも二倍になるんだよ。心は身体よりも強いけど、ひとりの人間がふたり分の心を持つことなんてできないの」

「………………」

「ね、こんな話されても困るでしょ？」

あまりにも突飛な話に、純一はにわかに首肯《しゅこう》することはできなかった。

信じがたい……というより、ほとんど妄想のレベルだ。だが、それをいえば、純一の和菓子を作る力も、他人の夢を見せられる力も大差ない。

「じゃあ、なにか？　仲よくすればするほど、音夢は弱っていくのか？」

純一の質問に、さくらはハッキリと頷いた。

「女の子の恋心は、お兄ちゃんが思っている以上に強いんだよ。けど、その喜びは……痛みを伴うんだ」

「そんなゲームや小説じゃあるまいし……」

笑おうと思ったが、表情は硬く強《こわ》ばったまま弛《ゆる》もうとしなかった。

「とにかく、お兄ちゃんと音夢ちゃんは、これ以上お互いを好きになっちゃダメだよ」

──好きになるな、か。

けど、もう遅い。嫌いになる……あるいは嫌いにさせるなど、そんなことは想像もできなかった。第一、お互いにお互いのことを知りすぎていて、嘘が嘘になりえないだろう。

「……具体的にどうしろっていうんだ？」

「難しいと思うけど、できるだけ避けて。他に方法がないんだよ」

唇を噛《か》みしめた純一を、さくらは辛そうな表情で見上げた。

「それでも、もし……どうしようもない時は……」

意味ありげなことを呟いた後、

「お兄ちゃんとボクがくっつけば、万事解決、万々歳なんだけどね」

と、さくらは一転して冗談めかした口調で言った。

「でも、俺は……」

「分かってる。それに、ボクは恋する女の子の味方だから」

さくらは満面の笑みを浮かべて純一を見つめた。


四月七日――。

窓の外を眺めながら、純一はついに迎えてしまった日付を確認した。

「入学式か……」

ベッドから離れて軽く伸びをする。体調はそれほど悪くなかったが、これから音夢の様子を見に行かなければならないかと思うと、なんとなく憂鬱《ゆううつ》な気分になった。

もう一度窓の外を眺め、純一は覚悟を決めると音夢の部屋へと向かう。

「けほっ……こほん……」

「音夢？」

軽くノックしてからドアを開けると、ベッドの上で上半身を起こしていた音夢が、ぼーっとした顔で純一を見上げた。

「……兄さん」

「調子悪いのか？」

「う、うん。ちょっと」

「今日は入学式だけだから、無理して出なくてもいいさ」

そう答えながら、純一はホッとしていた。卑怯ではあるが、これで音夢が進学できないという話を切り出さずにすむ。

「うん。でも、こういうのは一生に一度しかないからもったいないよね」

「……まあな」

「全然関係ないんだけどさ、私《わたし》がどうして風紀委員をやってるか話したっけ？」

音夢は、不意に笑みを浮かべて純一を見上げた。

「いや」

「あのね……私はお祭りが大好きなんだよ。たぶん兄さんや杉並くんよりも。みんなが楽しそうに笑っている姿がすごく好きなの。だからそういう何気ない笑顔をこっそりと守れる仕事がしたかったんだ」

「……そっか」

純一は素っ気なく呟いた。気を抜いたら思わず涙が浮かんできそうな気がしたからだ。

「だからね、今日は私のこと忘れて、いっぱい楽しんで来てね」

「あ、その……」

なんと言って言葉を掛ければいいのか迷う純一の頬《ほお》を、音夢の手がそっと撫でた。

「兄さん、そんな顔しないで。今日は始まりなんだよ」

「………………」

「行ってらっしゃい」

「ん……行ってくる」

純一はそっと音夢と口付けを交わした。

久しぶりに感じる唇の柔らかな感触や、掴《つか》んだ肩の細さと温もり。

——そういえば、音夢に触れてはいけなかったんだ。

さくらに釘《くぎ》をさされていた大事なことが、まるでブラウン管の向こうで起こる戦争のように、遠くに感じられた。

「はい、おしまい」

「……んじゃ」

ゆっくりと身体を離した途端、ヒラリと桜の花びらが舞い落ちて来た。

「ん？」

「どこから？」

ふたりは顔を見合わせて天井を眺めた。

だが、そんなところに桜の樹が生えているわけはない。

「あのさ、これ唇からこぼれなかった？」

「はぁ？」

「だからね、兄さんとキスしたところから生まれたんだよ」

「んな、和菓子じゃあるまいし」

純一は呆《あき》れたように否定したが、よくよく考えてみれば、和菓子が出てくることの方が非常識なことだろう。

「あ、兄さん。早く行かないと遅刻しちゃうぞ」

「言いながら額をつつくな！」

「いつものお返しだもんね。ふふふ……行ってらっしゃい、兄さん」

音夢の白い指が、純一の唇に触れる。

決してさくらの忠告を忘れたわけではなかったが、純一は自分の心を否定することはできそうになかった。

どうしようもないくらい——音夢が好きだった。

家を出て桜並木までくると、ちらほらと学園へ向かう他の学生たちの姿が見え始めた。

本校の入学式には在校生は出席しないらしく、周りにいるのは、すでに通常授業が始まっている付属の学生と、式に臨む新入生ばかりだ。

「朝倉くん」

「朝倉先輩っ！」

背後からよく知っている声が追い掛けて来た。

「おはよう、ことり」

振り返るとセーラー服から、本校のブレザー姿になったことりが微笑んでいる。

「似合うな、その制服。ことりならどんな服を着ても可愛いと思うけど」

「あのぉ～先輩。美春は無視ですか？」

「お、美春。元気にしてたか」

純一はついでのように美春に声を掛け、その頭をくしゃくしゃと撫でた。

「はい。あの……」

美春はなにかを言いたげに、そわそわとしている。なにを言いたいのかはすぐに察しがついた。本来なら純一の隣にいるべきはずの人物がいないのだから、当然のことだろう。

「朝倉くん。私も知りたいかな」

どう返事をするべきか迷っていると、ことりが美春のフォローをするように微笑んだ。

ふたりから話を促されては、話題を逸《そ》らして誤魔化すこともできない。

「分かったよ」

純一は肩をすくめて溜め息を吐いた。

「で、音夢先輩の様子はどうなんです？　美春はもう心配で心配で」

「とりあえず、今は落ち着いてるよ。調子を見て問題なければ、すぐにでも復学できるさ」

「……そっか」

ことりはホッと胸を撫で下ろしていたが、美春の表情は晴れなかった。

「じゃあ、音夢先輩は今日はお留守番してるんですか？」

「ん……ああ」

「朝倉先輩……音夢先輩が可哀想《かわいそう》です」

「美春ちゃん」

ことりが窘《たしな》めるように短く声を上げたが、美春は引き下がろうとせずにジッと純一を見つめてくる。その真剣な眼差《まなざ》しに、純一はなんと説明したものかと頭を掻《か》いた。

「あのな美春……色々と事情があるんだが、俺が家に残った方が音夢も辛いんだよ」

「それは分かります。朝倉先輩の気持ちも分かりますけど、音夢先輩の気持ちを本当によく考えましたか？」

「え？」

純一は美春の言おうとしていることが理解できず、戸惑いながら、ことりに助けを求めるように視線を送った。ことりは困ったように苦笑していたが、やがてそっと美春の肩に手を置きながら口を開いた。

「音夢ちゃんは朝倉くんが家にいたら、本当に傷ついたと思うし、自分のせいで朝倉くんに迷惑を掛けるって……すごく悩むと思う」

「白河先輩？」

「でも、たとえ傷ついたとしても、好きな人がそばにいてくれるのはやっぱり嬉《うれ》しいんじゃないかな」

ことりはそう言うと、ね、と美春にウインクをしてみせた。

正式に告白したわけでもないのに、ことりには……いや、このふたりには純一と音夢が互いにどういう想《おも》いを抱いているのかが分かっているらしい。同時に、どうしてことりが学園のアイドルと呼ばれているのかが、なんとなく分かったような気がした。

「俺、帰る」

「朝倉先輩！」

喜色を浮かべた美春を、純一は慌てて指差した。

「勘違いするなっ、俺はかったるいから帰るんだ！」

「お疲れさまです」

「疲れたくないから帰るんだ！」

学園へ向かう学生の波に逆らいながら、純一はそう言って美春を振り返る。

美春の隣では、ことりが静かな笑みを浮かべていた。


「音夢っ」

盛大に玄関のドアを押し開け、純一はそのまま居間へと飛び込んだ。

「……に、兄さん⁉」

嵐のような騒々しさで戻って来た純一を見て、音夢は驚いたように目を丸くする。

「ど、どうしたの兄さん、忘れもの？」

音夢は慌てて目をこすりながら訊いて来た。それが涙を拭《ぬぐ》う行為だと気付いた純一は、やはり戻って来たのが正しかったことを知った。

「ああ、忘れものだ」

「成績表でも忘れたの？　でも、そんなの明日でもいいよね」

「はぁ……かったり」

ずっと走り詰めだったために息が切れる。純一は大きく溜め息を吐くと、壁に寄り掛かったまま、ズルズルと床に座り込む。

「ねぇ、本当にどうしたの？　もう入学式が始まる時間よ⁉」

「いいこと思いついた」

「なに？」

戸惑う音夢に、純一はニッコリと笑みを向ける。

「ここで入学式をやろう」

「え……？」

「どうせ学園でやってるのなんて形ばっかりなんだ。ここで心をこめてやる方がいい」

「な、なにを言ってるの、兄さん？」

純一の突然の提案に、音夢は驚くというより呆れた表情を浮かべた。

「早く学園に戻らないと……」

「俺を誰だと思ってるんだ？　お祭りの時にさりげなく意外なことをする男だぞ」

「バカなこと言ってないで学園に行きなさい！」

「行けるかバカッ‼」

「――っ⁉」

純一の怒鳴り声に、音夢は驚いたようにビクッと身体を震わせる。

「あー……いや、叫んで悪い」

ついつい大声になってしまったことを反省しつつ、純一は少し語気を和らげた。

「バカなんだ俺は……。おまえをこんな日に置いていくなんて、恋人失格だった」

「……あ」

口元を押さえて音夢が息を呑《の》む。

純一がどうして戻って来たのかを、ようやく察することができたのだろう。

「あのさ……音夢。おまえは俺と本校に通うことはできないんだ」

ずっと言葉にできなかったことを、純一は思いきったように告白した。そうでもしなければ、音夢が納得しないだろうと思ったのだが……。

「……知ってるよ」

「え？」

「知ってる。だから兄さん……そんなに傷つかないで」

音夢の手に導かれるように立ち上がった純一は、そのままギュッと抱きつかれてしまった。身体が痛くなるほど、音夢は手に力を込めてくる。

「夢うつつだったけど、兄さんとさくらの話は聞こえてたから、なんとなく察しはついた」

「そうか……」

「ごめんね、兄さん……私のせいで」

「……お前のせいじゃない」

力をこめてはいけないのに、強く強く抱き返してしまう。

「ううん……どんなに嘘つかれても、距離を取られてもダメなの。兄さんが素っ気なくしても、バカって言っていても、心の底の優しさと辛さが分かっちゃうの」

「…………………」

「こんな私が恋人だなんて……ごめんなさいっ！」

まるで、音夢の心の震えが直接伝わってくるようだ。

言葉は……必要ない。黙っていても、こうして身体を寄せ合うだけで、すべてが伝わってくるのだ。なにもしてやれず、優しい嘘すらつけない自分が悲しくなる。

だからこそ、純一は歯を食いしばって楽しいことだけを考えた。

自分の悲しみは、そのまま音夢の悲しみになってしまうのだから。

「ご、ごめん。兄さん……私を離さないで」

「音夢……」

「もう、ダメなんだよ」

それがどんな結果をもたらすのかは十分に承知していたが、溢《あふ》れてくる音夢の想いを、純一には受け止めてやることしかできなかった。

真っ白い世界——。

目の前に怒りの形相を浮かべたさくらがいることを知った途端、純一にはこれが夢の中だということが分かった。普段、見ている他人の夢ではなく……これはさくらが夢を通じて純一に語り掛けているということを、なんの説明も受けずに理解していた。

そして、どうしてさくらが自分を睨みつけているのかも。

「怒ってる……よな？」

『あたりまえでしょうがっ』

さくらは唇を歪《ゆが》めて呟いた。

「でも、どうしようもない。音夢には俺の心が分かるんだ」

『だからって……このままじゃ音夢ちゃん死んじゃうんだよ⁉』

「なにか方法はないのか？」

『それは……』

純一が問うと、さくらは躊躇《ためら》うように言葉を濁した。

『ここまでくると、普通の手段じゃどうにもならないよ。もう、音夢ちゃんを島の外に逃がしても意味はないし……』

「ちょっと待て。今、なんて言った？」

さくらの言葉の中に、妙な違和感を感じた。

『え？　音夢ちゃんを島の外に……』

「その前」

『えっと……普通の手段じゃ……』

そこまで言って、さくらは慌てて口をつぐむ。

「普通じゃない手段があるのかっ⁉」

『な、ないないないないっ‼』

さくらは、慌てて否定するように頭《かぶり》を振った。

だが、その姿は「ある」と告白しているようなものだ。

——さくらが、ここまで怖《こわ》がる理由はなんだ？

そう考えた純一は、ハッとあることに気付く。

「俺か……？　俺になにか悪い影響を与える方法ならあるんだろう？」

『ダメッ！　絶対に言わないよ！』

「さくらっ‼」

純一はさくらに駆け寄ると、その両肩に手を掛けた。

「頼む……俺のためを思うなら……」

純一の言葉に、さくらは色が変わるほど唇を噛みしめる。さくらがこれほどまでに言い渋るとは、どんな方法かは知らないが、よほどの覚悟が必要なことのようだ。

『……分かった』

やがて、さくらはぽつりと呟くように頷いた。

『一週間……ううん、五日間だけ待って。その間に……覚悟しておいて欲しい』

「なにを覚悟するんだ？」

そう問いただそうとした時だった。

『兄さん……』

どこからか音夢の声がした途端――辺りの風景が一瞬にして消え去った。


耳元で囁《ささや》かれる音夢の声に、純一はぼんやりと目を開く。

「おはよう、兄さん」

「……あ、ああ」

目覚めた途端、裸体をシーツでくるんだだけの音夢を間近に見てしまい、純一は思わず声を詰まらせてしまった。

――そ、そうだった。

昨日の夜、音夢を抱いて、そのまま一夜を明かしたのだった。

「この距離……朝だと恥ずかしいねぇ」

「なんも着てないからな」

「あ、あんまり見ないで下さいね」

「それは無理な相談だな」

当然のように、純一の視線は布団《ふとん》に押しつけられた音夢の胸の膨らみにいく。

「こらこら、昨日の夜も見たでしょうが」

「そういうことを平然と口にできる、おまえの無知さ加減が怖いぞ」

「そうかなぁ」

口で言うほど羞恥《しゅうち》を感じていない様子で、音夢はクスクスと笑った。

「……なんで、そんなに嬉しそうなんだ？　おまえは」

「いやぁ、こんなに幸せなのは犯罪だなぁ……って」

そう言うと、音夢はそっと手を伸ばして純一に抱きついて来た。

——うっ、マズイ!!

決して意識していたわけではなかったのに、身体に触れる音夢の柔らかな膨らみと、髪から香る甘い匂《にお》いに刺

激され、純一の股間《こかん》は勝手に反応してしまう。

「ん……あっ」

腰元の違和感に気付いたのか、音夢が目線を下げて動きを止めた。

「いや、これは……」

言いわけのしようがなくて、純一は思わず口ごもってしまった。

普通、このシチュエーションなら、朝のご奉仕をお願いするところだろう。調教というわけではないが、新しい試みを教えるためには、またとないチャンスである。

だが、音夢を相手にそんなことを言い出すのは、さすがに気が引けてしまう。第一、こういう場合には、なんと言って頼めばいいのか見当もつかない。

「あ……その……」

純一は躊躇いながらも、この機会を逃すまいと口を開いた。

「こういう時って、どうするか分かるか？」

その行為に関しての知識は持っていたらしく、視線を泳がせながら、音夢はジリッと身を引いた。少し表現がストレートすぎたらしい。

「あ、あの……な、舐《な》めるの？」

「イヤだったら、別に無理にとは……」

行為が行為だけに、さすがに無理強《むりじ》いはできない。

「その、兄さんがそうして欲しいなら……」

音夢は恥ずかしそうに呟くと、純一からそっと身体を離した。

——い、意外な展開だ。

てっきり嫌がるかと思っていただけに、これには純一の方が戸惑ってしまった。

純一が慌てて上半身を起こすと、音夢は躊躇いながらもベッドの下の方へと移動する。

音夢の身体を覆っていたシーツが剥《は》がれて白い肌が露出すると、純一はこれから行われる行為と併せ、思わず眩暈《めまい》がしそうだった。

「じゃあ……」

音夢の細い手が、そっと純一のモノに触れる。

「マジマジと見ると……すごいね」

「あ、いや、なんだ……」

さすがに恥ずかしくなって、純一は言葉を詰まらせてしまった。

「これを舐めるんだよね……それは知ってるの」

音夢は、まるで自らに言い聞かせるように呟いた。

「……音夢」

「うん、大丈夫だよ」

髪を撫でてやると、音夢はぎこちない笑みを浮かべて頭を下げた。途端、冷たさの後に、なんともいえないヌルリとした生温かいものに覆われる。想像していたよりも、はるかに生々しい感覚だ。

「っ……はぁ……大きくなってる……気持ちいいの……かな？」

音夢は、上目遣《うわめづか》いで純一を見上げてくる。

「あ、ああ」

止《や》めて欲しくなくて、純一は音夢の頭に乗せた手に力を込めた。

最初の感覚は鈍かったが、口でしてもらっているという衝撃が薄れると、徐々にえも言われぬ快楽が広がってくる。

「あのさ……舌だけじゃなくて、首も前後に動かして……」

「首……あ、うん」

つい注文を加えてしまう純一に、音夢は素直に従った。

だが、初めての行為のためか動きにムラがあって、口の隙間《すきま》からは水音がこぼれ落ちたり、抜けてしまうモノを口だけでつかまえようとしたりして、音夢は顎《あご》のあたりまでベトベトになっている。

「なんか……ヒクヒクって……ん……む……」

「……っ」

音夢の健気《けなげ》な行為に、純一は徐々に余裕をなくし始めていた。

自分が主体の時とは違って、すべてが音夢任せになっているため、感覚の波が上手《うま》く噛み合っていないのだ。だが、その焦《じ》らされているような感覚が、かえって純一を強く刺激していった。

「兄さん……気持ちいい？」

首を動かす度に鳴る鈴の音と、無垢《むく》で切なそうな目が純一をどんどん高めていく。

「……音夢、もう」

このままでは音夢を汚してしまうことは承知していたが、あまりにも気持ちがよくて、止めてくれとは言えなかった。

「っく!!」

ついに限界を迎えた純一は、そのまま音夢の口の中で射精した。頭の中が空《から》っぽになるような解放感が、純一の全身を包む。

「んっ……ん!?」

音夢はどうすることもできずにそれを受け止めた。搾《しぼ》り出すように放たれた白い液が、彼女の口から溢れ、胸元を伝って垂《た》れ落ちる。

「……あ……ごめ……」

純一は慌ててティッシュを取って、音夢の口元と胸元を拭《ふ》いていく。視線を落とすと、こぼれ落ちた雫《しずく》が、シーツにじわりと染みが広がっていた。

「あ、あの……兄さん……」

音夢は両方の太股《ふともも》を摺《す》り合わせながら、熱い吐息を漏らす。

その、頭がどうにかなってしまいそうな誘惑に、純一のモノは射精したばかりだというのに、すぐに復活の兆《きざ》しをみせた。

夢の中でさくらに怒られたばかりだというのに、どうしても欲望が抑《おさ》えきれなくて、純一はそっと音夢の身体をベッドの上に押し倒していった。


「ぐっ……!!」

全身を襲う、激しい痛みに目が覚めた。

最初はなんだか分からなかったが、猛烈な頭痛と胸の痛みに純一は身体をよじる。

息すらまともにできない状態が続き、胃の中から硬いものがせり上がってくるような感じがして、思わず吐き気がした。

「ぐ……が……はっ、はぁ……はぁ……」

かなり長い時間だったような気もするが、実際はわずか数秒のことだったのかもしれない。ひとしきりのたうちまわった後、ようやく痛みが引いて来た。

「な……なんだ……一体……」

激しく動悸《どうき》する胸を押さえながら呟くと、ペタリと舌になにかが張りついていることに気付いた。指で剥がしてみると、それは真っ赤な桜の花びら。

——なんで、こんなものが口の中に……。

「……んっ」

純一が訝《いぶか》しむように花びらを見つめていると、隣で寝ていた音夢がわずかに身じろぐ。

「あ、ごめん。起こしちゃったか？」

純一が笑顔を浮かべて音夢の寝顔を覗き込もうとすると、がさり——と、耳障りな音と同時に奇妙な手触りを感じた。

「……っ⁉」

カーテンが引かれているので室内は朝だというのに薄暗く、咄嗟にはそれがなんなのか分からなかった。慌てて枕元《まくらもと》のスタンドを点けた純一は、その正体を知って愕然《がくぜん》とする。

「な、なんだ……よ、これっ⁉」

ベッドの上には、大量の桜の花びらが散乱していたのだ。

「っ……ううっ」

「音夢⁉」

音夢の呻《うめ》き声に振り返った純一は、彼女を見て心臓が止まるかと思った。音夢が頭をのせている枕の辺りには、花びらが山のように積もっているのだ。

「こ、これは……まさか……」

ガサッ、と純一は両手で散乱している花びらをすくい上げた。

――音夢の口から溢れ出たものなのか？

純一は手にしていた、まるで血を思わせるような赤い花びらを握りしめ、ベッドのそばにある窓をカーテンごと開け放った。早朝の湿った空気が、桜の匂いが充満する室内に流れ込んでくる。

手にしていた花びらを投げ捨てると、純一は窓から身を乗り出し、さくらが侵入してくる時に使っていた桜の樹の枝へと飛び移った。細い枝は、さくらならともかく、純一の体重を支えることができずに鈍い音を立てる。

もとから折れることは覚悟していたので、純一はその反動だけで姿勢を整え、他の枝へと移動しながら隣の……さくらの家の庭へと降り立った。

「さくらぁぁ!!」

さすがに玄関は閉まっているだろうから、さくらの部屋の縁側に手をついて、家の中へと向かって叫ぶ。

「いないのか、さくらっ！」

二度目の声を上げた時、スッとガラス戸が開いて、さくらが姿を現した。

「さくら……」

「音夢ちゃんになにかあったの？」

「血みたいな桜を吐いたんだ……たくさん」

前置きもなしに訊いて来たさくらに、純一は焦《あせ》る気持ちを抑えながら早口で答えた。

「そう……」

「これが、おまえの言っていたことなのか？」

「上がって、お茶をいれるから」

「お茶……そんな悠長なっ！」

「肉体の変調じゃないから、まだしばらくは大丈夫」

さくらは落ち着き払った声で言うと、純一の部屋へと続く桜の樹を見上げる。

「桜の枝、折っちゃったんだね」

「え……あ、ああ……」

「もう……これで、お兄ちゃんの部屋に行けなくなっちゃったな」

少し寂しそうな顔で微笑むと、さくらはそのまま家の中へと消えた。

さわさわ、と早朝の春風が純一の頬を撫でる。ようやく落ち着きを取り戻した純一が、縁側に腰を下ろすと同時に、お盆《ぼん》を持ったさくらが戻って来た。

「はい。温かいものを飲むと落ち着くよ」

目の前に置かれたのは、お茶と平皿に盛られた串団子《くしだんご》。まるで純一がくるのが分かっていたような手際《てぎわ》のよさだ。

「一杯飲むまで、なにも話さないからね」

さくらはそう言ったが、湯飲みは熱くて飲めたものではない。自然と待つことになるが、おそらくはそれが目的なのだろう。

「……ドラマとかでさ」

「うん」

ポツリと呟いた純一の言葉に、さくらはすぐに相槌《あいづち》を打った。

「恋人同士が別れるシーン……俺、バカにしてたんだ。絶対に泣かない……泣くはずなんかないって」

「ボクは、お兄ちゃんと別れる時に泣いたよ」

「男は……俺は泣かないって思ってた」

「にゃはは……お兄ちゃん、実は泣いてばっかのくせに」

「……え？」

俯《うつむ》いたまま湯気の上がる湯飲みを見つめていた純一は、さくらの笑い声にフッと顔を上げた。目の前には、笑みを浮かべたさくらの顔があった。

「ボクがいなくなった時も、音夢ちゃんがいなくなった時も、おばあちゃんの時も……お兄ちゃんは泣いてくれたよ」

「……そうだっけ？」

「そうだよ。自分の涙って記憶に残らないけど、人が泣いてるのはすごく印象的だよね」

さくらの言葉に純一は小さく、うん……と頷いた。

そう……覚えている。音夢の泣き顔は、目を閉じるとすぐに思い出すことができる。

「お茶、そろそろ飲めると思う」

さくらは湯飲みを持ち上げると、そっと純一の前に差し出した。

「ありがとう」

受け取ると、まだ熱くはあったが飲めないことはない。純一はゆっくりと口をつけ、時間を掛けて飲み干した。

「よいしょっと」

純一がお茶を飲み終えるのを見届けると、さくらは縁側から座敷へと上がった。ようやく話してくれる気になったのだろう。純一も素足についた泥を払い落とし、縁側に足を上げてさくらと向き合った。

「それで……身体から出てくる桜の花びらはなんなんだ？　俺の和菓子を生み出せる力と同じモノなのか？」

そう言って、純一は平皿に盛られた団子と同じものを手の中で生み出した。

「それはたぶん『心の形』だよ。音夢ちゃんの中で溢れてしまった心が、花びらとして外に出て来てるんだと思う」

「心の形……？」

「それが目に見えるものならともかく、心自体をイメージできないでしょ？」

確かに心がどんな形かと訊《たず》ねられても、口や絵ではうまく説明することはできそうにない。つまり、あの花びらは、音夢が自分の心を桜の花に例えているということだろう。

相変わらず突拍子もない話だが、あの事実を科学的に解明するほうが面倒くさそうだ。

「でも、それだと音夢と感覚が繋《つな》がっている俺も、そうなるんじゃないのか？」

生み出した団子の処分に困った純一は、それを口の中に放り込んだ。

「お兄ちゃんはもとから排出する方法を知ってるんだもん」

「排出？」

「他人の夢を見ても、きちんと受け止めて、そのまま流しているでしょ？　あれ」

「ちょっと待て、流すってなんだ？」

「お兄ちゃんは物臭で、大ざっぱだってこと」

さくらはきっぱりと言った。なんだか、物覚えが悪いとか、心が鈍いとか文句を言われているような気がしてならない。

「お兄ちゃんだって一時的に倒れたりしてたでしょ？　でも、音夢ちゃんより先に起きれるし、身体もおかしくならないのは、お兄ちゃんがそういうことに慣れてるからだよ」

だけど、音夢ちゃんは違う……と、さくらは言う。

「一生懸命に受け止めて、すべてを溜め込んでしまうの。お兄ちゃんの愛情を永遠にとっておこうとするし、それを持って行かれないように頑張《がんば》ってしまう」

「……なるほど」

そう言われれば、純一は音夢の感情を感じている時でも、ある程度は客観的にそれを眺めていた。他人の夢を見せられるというのも、無自覚に人の感情や想いを受け取っていたという流れに近いのかもしれない。

「とにかく、理屈は分かった。なら、俺が音夢のそばから離れればいいのか？」

「うにゃ、以前はそれでもよかったんだけど」

「だけど？」

「これは口先の話じゃなくて、心の問題なんだよ。どんなに離れていても、切なさとか愛情は、やっぱり積もってしまうもんなんだよ」

「遠距離恋愛と同じ理屈か……そりゃダメだな」

話が、急にファンタジーから恋愛物に変わって来た。

「口先や態度で嫌いだって言っても、心が分かるんだから逆効果だよ」

「……どうすることもできないじゃないか」

純一は、頬杖《ほおづえ》をついて溜め息を吐いた。

離れても無駄《むだ》な以上、まるで八方塞《ふさ》がりだ。純一と音夢が相思相愛の状態では、まったく解決策が見つからない状況である。

「そういえば、さくら……」

ふと夢の中のことを思い出し、純一はさくらを見た。

「おまえ、明日になったらなにかやるって言ってなかったか？　俺に覚悟を決めろって」

「うん……やるしかない、か」

純一の質問に答えるのではなく、さくらは自分に言い聞かせるように呟く。

「やっぱり、危険な方法なのか？」

「楽に終わるんなら、もうやってるよ」

「俺は具体的になにをすればいいんだ？」

「お兄ちゃんはなにもしなくていいの。音夢ちゃんを一日ボクに預けてくれれば」

「え……俺の出番なし？」

なんだか拍子抜けする思いだ。あれだけ苦しそうな音夢を助けるのに、なんの役にも立たないと言われたような気がして、無力な自分を情けなく感じてしまう。

「下手《へた》に考えるより、臨機応変に対応してくれるほうが助かるからね」

「そうだけどさ……」

「じゃあ、お兄ちゃん。あんまり思いつめないように覚悟しておいてね」

さくらは立ち上がりながら、純一に向かって宣言するように言った。

いつになく真剣なさくらの表情に、なんとなく不安を感じた。


その夜——。

音夢をさくらに預けた純一は、久しぶりに祖母の夢を見た。

——どうしてばぁちゃんが死んだのか？

子供の頃、それが不思議でならなかった。魔法使いならもっと長く生きられるはずだし、もっと若い姿でもよかったはずだ。

箒《ほうき》に乗って、空を飛んだりもできるはずなのに……。

けれど、祖母に見せてもらった魔法は、なにもないところから和菓子を出すことだけ。

夢の中——。

純一はある日の祖母との会話を思い出していた。

『そうね、わたしも長く生きているわ』

祖母は静かに言った。それが人間の尺《しゃく》に収まっているのか……と、いうことまでは、当時の純一には気がまわらなかった。

『確かに美人ってものからは縁遠くなっちゃったけど、後悔するどころか、本当に嬉しいことばかりだったわ』

あなたに会えたこともね、と祖母は笑った。

純一の関心は、どうして祖母が年を取ってしまったのかということだった。魔法が使えなくなってしまったから……なのだろうか？

『それは、あなたに会うためよ』

祖母の答えは難しくて分からなかった。

『魔法使いは、人を本当に好きになると魔法が使えなくなるの』

やっぱり分からない。純一は羊羹《ようかん》を食べながら首を傾げた。

『そうね、あなたにもいつか分かるわ……』

祖母は可笑《おか》しそうに言って、静かに目を閉じる。

『恋をするってことは、それだけ大変で――かけがえのない魔法なんだから』


……遠くで声が聞こえている。

なんだか、妙に懐かしい声。もう……何度も聞いた、あたりまえのような日常の言葉。

「もう……遅刻するよ～」

ゴソゴソと聞こえてくる音に、純一は嫌でも覚醒を促される。

「仕方ないなぁ、せぇの……」

その声に、純一はベッドの上で身体を転がし、ガバッと跳ね起きた。ほとんど条件反射というか、パブロフの犬状態だ。

「あ、起きた起きた♪」

両手で広辞苑《こうじえん》を振りかざしていた音夢が、そんな純一を見て笑みを浮かべた。

「音夢っ⁉」

その元気そうな笑顔に、純一は思わず驚きの声を上げる。

「どうしたの、そんな幽霊を見たような顔して？」

「幽霊じゃないよな？」

「失礼ですね。どんな夢を見てたんですか」

そう言って睨んでくる音夢の表情は、あまりにもいつもと同じで、純一は呆然《ぼうぜん》としたまま、よろよろとベッドから下りた。まるで、なにもかもが元通りになったかのようだ。

「よかった！」

感激のあまり、純一は音夢の身体をギュッと抱きしめた。

「ちょ、ちょっとお兄ちゃん⁉　恥ずかしいじゃないっ」

「………？」

「ね、ちょっと痛いから離して。それに兄妹だし、こういうのは……」

「えっ？」

　フッと力が抜けてしまったところを、音夢に押し離されてしまった。

「音夢？」

「本当におかしいよ、お兄ちゃん。どうしたのよ？」

　不思議そうに顔を覗き込んでくる音夢は、いつもとまったく変わりがない。

　けれど、どこかが違う。

　――なんなんだ？

　この違和感はなにが原因なのだろう。目の前の音夢が、何故《なぜ》だか別人に思えた。

「ほらほら、早く着替えないと遅刻しちゃうよ」

　純一の胸に制服を押しつけ、音夢が首を傾げた。

「あ、それと、今日はおでこはいいからね。自分で体調がよくないの分かるから休む」

「おでこ？」

「お兄ちゃん、さっきからおかしいよ。まだ寝ぼけてるの？」

「いや……」

　純一は反射的に胸を押さえた。何故だろう……ずっと感じていたはずの音夢を、今はまったく感じなくなってしまっている。こんなに近くにいるのに、まるでどこか遠い場所へ行ってしまったかのようだ。

「……俺も調子が悪いみたいだ」

純一はベッドにすとんと腰を落とした。

空っぽになってしまった胸が痛く、本当に吐き気がしそうだった。

「そうなの？　じゃあ、私が学園に連絡しておくから」

「待て音夢。連絡は俺がするからいいよ」

「じゃあ、お願いします」

なんとなく他人行儀のまま、音夢は小さく頷いて部屋を出て行った。

——俺とのことを忘れている⁉

純一はベッドへと倒れ込み、天井を見上げた。

——それとも、すべてが夢だったのだろうか？

ちらりと窓の外へ視線を向ける。やはり夢ではない。桜の樹の枝は折れていて、ここからさくらが入ってくることは、もうない。

そして……ベッドには、かすかに音夢と桜の匂いが残っていた。


朝食を買ってくる……と、音夢を誤魔化して、純一はさくらの家を訪れた。

さくらひとりでは広すぎる家。玄関で声を掛けたが、返事がないので勝手に上がってみることにした。だが、どの部屋にもさくらの姿はなかった。

——どこかへ出掛けたのだろうか？

詳しい理由は聞かされていなかったが、さくらは音夢の休学が決定した後、学園に退学届けを出している。この時間なら家にいるはずであった。

出直そうかとも思ったが、少しでも早く話を聞きたかった。しばらく待ってみようと、さくらの部屋に腰を下ろそうとした時。

「あ、お兄ちゃん」

縁側から、ひょっこりとさくらが現れた。

「なんだ、どこにいたんだ？」

「裏庭で落ち葉を焼いてるんだよ」

言われてみれば、心なしか焦《こ》げ臭い匂いが漂ってくる。

「焼きいもか？　それとも、とうもろこしでも、あぶってるのか？」

「桜の花びらだよ」

「庭掃除でもしてたのか？」

「…………………」

さくらは純一の質問に答えず、履いていた草履《ぞうり》を脱いで座敷へと上がって来た。

「なあ、それよりも音夢が帰って来てたけど……」

「なにか辻褄《つじつま》の合わないこととかあった？」

「いや、なんというか……あれは一体どうなっているんだ？」

「うにゅ……」

さくらは少し言い淀《よど》んでいたが、やがてポツリと呟くように言う。

「音夢ちゃんの思い出を消したの」

「……え？」

「お兄ちゃんへの恋心の発端となりそうな記憶を、全部音夢ちゃんから消したの」

「消した？」

風に乗って、どこからかパチパチと火の爆《は》ぜる音が聞こえてくる。

——まさか。

純一は、ハッとしてさくらへと詰め寄った。

「おい、まさか庭で燃やしている桜って……!?」

「そうだよ。音夢ちゃんの中にあった、お兄ちゃんとの思い出」

「………そりゃ、焼きいもなんて作ったら、さぞかし美味《うま》いだろうな」

純一は震える唇を歪めて言った。

そんな純一を見て、さくらはスッと視線を逸らした。

「どこから覚えていないんだ？」

「細かくは分からない」

純一の質問に、さくらは小さく首を振る。

「首の鈴をもらったあたりとか、ボクがいなくなった頃の家出とか。あくまで応急処置だから、上辺の思い出が薄まってるだけだと思うけど……」

「……だから、兄さん、って言わなかったのか」

すべてを忘れてしまったわけではない。

だが、思い出がない以上は同じことだ。今まで積み重ねて来た、共に共有した時間がすべて白紙に戻ってしまえば、繋がりが絶たれたのも同然である。

「うっ……痛たたたっ」

「うにゃ、大丈夫？」

「なんかシクシクと痛むな」

胸が痛む。失われてしまった想いの分だけ、胸に空洞ができてしまったかのようだ。

純一は両手で胸をさすりながら、思わず顔をしかめた。

「とりあえず……このままなにもなければ、これ以上、音夢ちゃんの症状が悪化することはないと思う。後は……」

「後は？」

「このままずっと、関係をもたなければ」

「は……」

さくらの言葉に、思わず笑みがこぼれた。

「ははははっ……これっきり、なのか？」

音夢の想いはすべてなくなった。

もう、抱きしめることはおろか、キスすることも、愛を確かめ合うこともできない。

「後は……お兄ちゃんがあきらめれば終わり」

「終わり？」

「音夢ちゃんのこと助けたかったら、そっとしておくしかないよ」

さくらは辛そうに呟くと、ギュッと拳《こぶし》を握りしめて頭を下げる。

「……ごめん」

「いや、おまえのせいじゃないだろう」

「ごめんなさい。ボクはお兄ちゃんを傷つけた……」

俯いたままのさくらは、そう言って肩を震わせた。声を押し殺して泣いているのだろう。

握りしめた小さな拳に、ポタポタと涙の雫がこぼれ落ちる。

「……おまえのせいじゃない」

純一はさくらに近付くと、その泣き顔を自分の胸に埋める。さくらは純一の腕を強く掴んだまま、声も上げずに静かに泣き続けていた。

第六章　ささやかな願い

日曜日――。

公園は午前中だというのに多くの人で賑《にぎ》わっていた。

これだけ天気がよくて暖かな日であれば、なんとなく散歩でもしてみようという気になる人は多いのだろう。無論、純一たちも同じ思いで公園を訪れていた。

「あ、お兄ちゃん、タコ焼きの屋台が出てるよ」

隣を歩いていた音夢が、純一の腕をぐっと引っ張った。

純一はその手を握り返したい衝動に駆られたが、今の音夢には兄妹として接すること以外は許されない。大きく深呼吸して、自分の気持ちを胸の奥へとしまい込む。

「ねえ、お兄ちゃ……っ、けほっ」

「ほらほら、少しは落ち着けよ」

急に咳《せ》き込んでしまった音夢の背中を、純一はトントンと叩《たた》いてやる。

「大丈夫か？」

「もう、こういう時だけ妙に優しいんだから」

口元に指をあてたまま、音夢は拗《す》ねた声を出す。

「病弱な妹を持つ身としては当然だ」

「私は無理そうでも、お兄ちゃんには明日からちゃ～んと学園に行ってもらいますからね。兄妹そろって家にこもりっきりなんて、なにを言われるか分かりませんから」

「……分かってるよ」

純一は思わず苦笑してしまった。

仮にそういう噂《うわさ》が流れたとしても、それは真実なのだから否定のしようがない。

「分かってるんだったら、ちゃんとご飯を食べて風邪《かぜ》を治しましょう」

「そんなにタコ焼きが食べたいのか？」

「どうせ、外で食事するつもりだったんだから、いいでしょ？」

音夢はお菓子をねだる子供のように、純一の手をぶんぶんと振った。

「おまえも一応は病人なんだから、もう少しテンションを下げようや」

「別に暗くしてたからって治るわけでもないじゃない」

「はいはい」

純一はあきらめたように頷《うなず》きながら、音夢に手を引かれるままに進んだ。

「病後のリハビリじゃなくて、デートみたいなものだと思えばいいのよ」

「……え？」

「どうしたのお兄ちゃん？」

純真な瞳《ひとみ》が純一を見上げる。

「いや、なんでもない」

純一は慌てて首を振った。

一瞬、ふと音夢がすべてを思い出したのかと思ったが、やはり単なる勘違いのようだ。

純一の願望が、音夢の言葉の裏に勝手な意味を見出そうとしているのだろう。

「なあ……俺《おれ》たち、どういう関係に見えるかな？」

「私とお兄ちゃんが？」

音夢は足を止めると、不思議そうに首を傾《かし》げた。

「兄妹でしょ？」

「……まんまやな」

心の落胆を隠すように、純一は少し笑ってみせた。

「面倒でしたら、お兄ちゃんはベンチにでも座って待っててください」

「そうだな……頼む」

「は～い」

さすがに走ったりはしなかったが、音夢はテンポのよい歩調で歩き出した。純一は、しばらくその背中を見送ってからベンチに腰を落とした。

——あいつも、そろそろ復学できるかな。

そうなってしまえば、あの楽しかった、いつもの日常に戻れる。

だが、このまま日常に戻ってしまったら、もう二度と音夢と結ばれることはないだろう。

——それでいいのか？

純一は自分の心に問い掛《か》ける。

方法がないわけではない。音夢がすべてを忘れているのであれば、もう一度繰り返せばいいのだ。思い出も愛情も、最初から積み重ねていけばいいのである。

このまま手放してしまえば、純一は音夢に触れることも躊躇《ためら》うようになるだろう。

それならば、これが最後のチャンスだ。

けれど――。

「……バカだよな、俺」

純一はひとりごちて唇を噛《か》みしめた。

音夢の命が掛かっている以上、そんなことが実際にできるはずがない。

「買って来たよ～」

「お、おう」

「ほらほら、可愛《かわい》いお嬢《じょう》さんだね、っておまけしてもらっちゃったよ」

音夢は、フタが閉まりきらないほどのタコ焼きを抱えて笑った。

「そんなの世辞に決まってるだろう」

「ふ～んだ。いいもん、別にお兄ちゃんに可愛いなんて言われなくたって」

「……あたりまえだ」

純一は、チリチリと痛む胸を押さえて笑った。

「それじゃあ」

「はい、行ってらっしゃい」

純一が門を出たところで振り返ると、表に出てくるためだけに私服に着替えた音夢が、頷きながらにこやかに手を振った。

このところ、徐々にではあるが音夢の症状は快方に向かい、つきっきりで看病する必要がなくなった純一は、久しぶりに学園に登校することにしたのだ。

入学式をサボって以来、ずっと休みっぱなしだったので、久しぶりに着た制服はなんだか窮屈《きゅうくつ》な感じがした。

「お兄ちゃん、本当にお弁当いらないの？」

「いるかっ、あんな調味料の集合体のようなもの」

純一は即座に否定した。音夢の好意であることは分かっているが、どんな状況であろうと、あれを食べ物として認めるわけにはいかなかった。

「失礼な……」

「じゃあ、なんかあったら電話しろよ」

音夢のぼやきを無視して、純一は念を押すように言う。

「まったくお兄ちゃんは心配性なんだから。段々とよくなってるから大丈夫だよ。それに、今日病院に行ってＯＫが出たら、私《わたし》もめでたく復学だからね」

「つき添《そ》おうか？」

「そういうのは、お兄ちゃんが歯医者に行く時に私がするから」

戻り掛けた純一の身体《からだ》を、音夢はぐいっと押し返す。

「行ってらっしゃい」

「分かったよ……行ってきます」

なんだか気になったが、無理やり病院までついて行くわけにもいかず、純一は仕方なく学園へと向かうことにした。

ようやく本来の姿に戻ったわけだが、久しぶりに登校する学生の波にまじって歩いていると、なんだか場違いな場所にいるような気がしてならなかった。

「うわぁ！　先輩だ！」

背中からの声に振り返ると、久しぶりに見る美春が大きく手を振っている。

「朝倉先輩、どうしちゃったんです⁉」

「音夢に叩き出されてな」

「音夢先輩、元気になったんですか？」

駆け寄って来た美春は、やはり音夢のことが一番気に掛かるのか、勢い込んで純一に詰

め寄ってくる。どう答えるべきか迷っていると、

「おはよう朝倉くん」

と、後続としてことりと杉並が姿を現した。

「ああ、おはよう」

「よ、相変わらず、中途半端なナンパ師みたいな愛想のよさだな」

「……それにどう反応しろというんだ？」

「先輩っ、音夢先輩はどうなんです！」

話が中断されて、美春は焦《じ》れるように純一の袖《そで》を引っ張った。

「教室に行って話すよ」

「うにゃ！　美春は別の学年ですってば！」

「朝倉くん、いじわるしないで教えて欲しいな」

ことりが美春に同意するように、純一を見つめて来た。

「あ、いや、いじわるしてるわけじゃないんだ」

「結婚したら、間違いなく尻《しり》に敷かれるタイプだな」

予想外の援軍に純一が戸惑っていると、杉並がぼそりと関係のないツッコミを入れる。

「勝手に人の将来を決めるなっ」

「ふっ、嫉妬《しっと》は見苦しいぞ朝倉。おまえに俺の結婚相手のタイプなど分かるまい」

「知りたくねぇよ」

「バカな⁉」

「美春も聞きたくないかもですよ」

「あはははは」

そこでみんなが笑って……ふと、純一は胸の痛みを感じた。

以前と変わらぬ雰囲気《ふんいき》。自分だけが日常に戻って来ているという罪悪感。本来なら、自分の隣で笑っているはずの少女がいないことに、純一はいいようのない寂しさを感じた。

「朝倉くん」

ことりがポンと純一の肩を叩いた。

「今は、気にしなくていいと思うよ」

「……え」

まるで純一の心情を察したように、ことりが小さく微笑《ほほえ》む。

――すべてお見通しか。

確かに、自分は尻に敷かれるタイプかもしれない。そう思いながらも、純一は返す言葉を見つけられず、無言でことりに頷き返した。

学園が近付いてくると、辺りに予鈴のチャイムが鳴り響いた。

本校での初日は、何事もなく終わった。

クラスメートたちも半分は付属から進学して来た連中なので、教室にいてもほとんど違和感はない。もっとも、他の学校から本校へ入学して来た連中は、いきなり現れた純一を何者なのかと訝《いぶか》しんでいるかもしれないが……。

「どうでした？　朝倉くん」

授業がすべて終わった後、ことりが笑顔を浮かべて純一の席までやって来た。

「あぁ、いや、別になんでもないな」

「よかった。授業で分からないこととかあったら、なんでも聞いてくださいね」

「ありがとう」

「朝倉、この後少しは時間があるのか？」

ことりと入れ替わるようにして、ゆったりとした動きで杉並がやってくる。

「ん、どうすっかな」

椅子に座り直しながら、純一は正面の黒板の上にある時計を見上げた。

正直なところ音夢の様子が気になるのだが、厄介なことに純一が心配すればするほど彼女の身体に悪い影響を与えてしまうのである。

「朝倉妹のことが気になるなら、別にお前の家でもいいんだが？」

「いや、そんなんじゃないんだ……」

「……朝倉妹の具合はまだ悪いのか？」

純一が言い淀《よど》むと、杉並は眉根《まゆね》を寄せた。

「いや、最近はそうでもない。今日は病院に行って検査してもらうって言ってたしな」

「それにしては、どうもおまえが嬉《うれ》しそうには見えないんだが」

杉並はめずらしく真面目《まじめ》な顔をして首を捻《ひね》る。せっかくの吉報も、純一の表情を見る限り、今ひとつ信じられないということだろう。

「え、そ、そうか？　俺のはただの春休みボケだ」

純一は誤魔化すように笑うと、鞄《かばん》を手にしながら席を立った。

「行くのか？」

「悪い杉並。今日はやっぱりダメだわ。また、でいいか？」

「また、学園に来れればいいがな」

「くるよ……」

純一は断言するように言ったが、やはり溜《た》め息《いき》が混じってしまう。

「来れるはずなんだよ……ふたりで」

「ただいま」

玄関を開けた純一は、一瞬、音夢の「おかえり」という言葉を期待したが、戻って来たのは静寂だけだった。

——また、上で寝ているのかな？

病院に行ったとしても、もう戻っている時間のはずだ。

試しに居間に行ってみたが、音夢の姿はどこにもない。キッチンはきれいに片付いていたが、なにかを食べた様子がないことが気に掛かる。

——まったく、あいつは。

あまり食欲はないようだが、せめてお粥《かゆ》なり口にしなければ体力が持たないだろう。

起きているようなら、無理にでも食事させようと考えながら、純一はゆっくりと二階への階段を上がった。

「げほっ、げほげほ……っ！」

階段を半分上り終えた時、音夢の部屋からむせるような声が聞こえてくる。

それはいつもと違って、全身から絞り出すような咳。

「げほっ、げほっ……！」

止まることのない咳に純一は嫌な予感を覚え、残りの階段を駆け足で上り終えると、ノックもなしに音夢の部屋のドアを開けた。

「――っ⁉」

ドアを開けた瞬間、むせ返るような桜の香りに、思わず足が止まった。

「っく……お兄……ちゃん？」

「音夢……」

花びらに埋もれた音夢の姿に、言葉が続かなかったのだ。

不思議なでき事には免疫があると思っていたのだが、目の前の常識では説明できない光景に、純一は愕然《がくぜん》としてしまった。

「お兄……ちゃん……」

ベッドに積もった桜の花びらをシーツで隠し、音夢がよろよろと立ち上がった。なにかを言おうとする度に、はらはらと真っ赤な桜が唇から舞い落ちる。

それは、まるで血のような赤。

「……おまえ……それは」

「た、助けて……お兄ちゃん……」

音夢は声を震わせながら、純一の胸に飛び込んだ。

「なんなのこれ、怖《こわ》いよ」

胸の中で、音夢は子供のように感情を露《あら》わにして泣き続ける。そんな音夢を、純一は無意識のうちに強く抱きしめていた。

「お兄ちゃん……いる？」

ベッドから、か細い声が響く。

「ああ、いるぞ」

もう何十回目かも分からない呼び掛けに、純一は自分でも驚くほど優しい声で答えた。

桜の花の匂《にお》いが鼻につく部屋で、純一は机《つくえ》の前の椅子に座ったまま音夢を振り返る。

「あ……うん……ごめんね」

「謝ることなんて、なんにもないだろう」

「お兄ちゃんのベッド取っちゃってる」

純一は音夢を自分の部屋のベッドに寝かせていた。あの花びらに埋もれた部屋に、音夢をひとりで置いておくには忍びなかったのだ。

「いいんだ……俺のことは気にしないで」

こんなことはなんでもない。

他にしてやれることはなにひとつないのだ。

ただただ自分の無力を痛感し、純一は自嘲《じちょう》気味に笑った。

「あの……お兄ちゃん。見える場所にいて欲しい」

第六章　ささやかな願い

「分かった」

純一は椅子から立ち上がると、ベッドの脇《わき》に座り直した。

「これでいいか？」

「うん。ありがとう」

上半身を起こしていた音夢が微笑む。桜の花びらに囲まれたその姿は、月明かりに照らし出され、まるで女神のように美しく見えた。

「また、桜の花びらが出て来た」

「……なんでもないよ」

「あはは、なんでもないわけないじゃない」

音夢は涙を堪《こら》えるように、そっと俯《うつむ》いた。

「なあ、音夢……その花びらが出た時、もしかして俺のことを考えてたか？」

「……あ、うん」

思い出をほとんど失いながら、なにを思い出したのだろうか。

「お兄ちゃんと学園行きたいなって。えへへへへ」

「そうか……」

「あと、あのね……この鈴をくれたのはお兄ちゃんだよね」

リリン――と、音夢が首の鈴をはじく。

「なんかね……ひとりで部屋にいたら、大切ななにかをなくしたような……迷子の気分になって来たの。そうしたら、この鈴のこと思い出した」

「鈴……？」

「この鈴、お兄ちゃんがくれたんだよね？　覚えてないんだけど」

「……ああ」

純一は小さく頷いた。

子供の頃《ころ》、玩具《おもちゃ》を壊して作った音夢の鈴。

――そんな小さな絆《きずな》からなのか。

終わりの始まりを知って、純一は愕然としてしまった。

「う～ん、なにか……とても大切なことを忘れている気がするの。なんだろうね？」

音夢が唇を開く度にポロポロと花びらがこぼれる。そんな光景を見たくなくて、純一は思わず顔を背《そむ》けた。だが、音夢はそんな純一を咎《とが》めることもなく言葉を続ける。

「ねぇ、お兄ちゃん、お願いがあるんだけど」

「なんだ？」

「明日、私と一緒に、なくしたもの捜して欲しいの。なんだか分からないけど、それはお兄ちゃんに関係してるものだと思うから」

「……ああ」

頷きはしたが、それが無理だということを純一は一番よく知っている。

音夢がなくしたもの……それは想《おも》い。純一への恋心。そんな形のないものは、どこを捜しても見つけることはできないのだから。

「お兄ちゃん、一緒に寝てくれないかな」

「は？　隣ってことか？」

「うん」

「……今日だけだぞ」

心とは正反対のことを言いながら、純一は音夢と桜の匂いに包まれたベッドへ、そっともぐり込んだ。向かい合ったら抱きしめてしまいそうで、わざと音夢に背中を向ける。

「あ、そうだお兄ちゃん」

「どうした？」

背中から笑い声が聞こえる。

「えへへへ……実は病院で、来週から学園に行ってもいいって言われたんだよ」

「本当か⁉」

純一は首だけを捻って音夢を見た。

「うん。本校の制服も買って来たんだ。可愛いんだよ」

「……そうか。楽しみだな」

「でも、まずは明日が楽しみだよ」

「明日……か」

純一はそう呟《つぶや》いて、天井に視線を移した。

いつもと同じように、今日が終わって明日が訪れる。けれど、純一の明日と、音夢の明日は違うのかもしれない。

そう思うと、胸が痛んだ。

リリン――。

音夢が身じろぎすると鈴が鳴った。その鈴は迷子にならないための目印だった。純一が音夢を見つけるための……音夢が純一を呼ぶための鈴。

その小さな鈴が、再びふたりを結んでしまった。

白い夢――。

本当になにもない、虚無の夢だ。上も下もないところに、純一だけが立っている。

今まで多くの夢を見せられて来たが、こんな夢に出会ったのは初めてだ。

「これは……」

(もちろん音夢ちゃんの夢)

不意に聞こえて来たさくらの声に、純一はハッと顔を上げた。

「さくら……どこだ⁉」

(無理だよ。もう、音夢ちゃんの中では、芳乃さくらという人間は記憶されてないの。声も忘れちゃったらしいね)

確かに、さくらの声は頭の中に浮かび上がる文字としてでしか知覚できない。

「けど……これは夢なんてもんじゃ――」

言い掛けて、純一はぞっとした。

音が伸びない。なにもない空間では、声が反響することなく無限に消えていくのだ。

「これが夢？　こんなからっぽなのが夢か？」

(そうだよ。もう……音夢ちゃんが覚えているのはお兄ちゃんのことだけ。残されたわずかな欠片《かけら》を守るために、他のどんな記憶ですらも犠牲《ぎせい》にしている……)

「それで、あいつはおまえのことまで？」

(限界なんだよ。そこまでしないと守れないんだ)

「そこまでして守るものってなんだ⁉　俺との思い出だってほとんど消えているのに、あいつは一体、どんな夢を守ってるんだ⁉」

（過去じゃないんだよ）

さくらの言葉は、文字となってぽつりと純一の頭に落ちた。

（未来の夢。過去じゃなくて、未来に希望をもっているから人は生きられる）

「……？」

（たったひとつ……ささやかな願いごとだよ）

「ささやかな願いごと？」

純一は、音夢が願いそうなことをいくつか思い浮かべてみた。

だが、すべてを犠牲にしてまで守ろうとする願いごと？

（笑っちゃうくらいささやかなんだよ。だから、叶《かな》えてあげてお兄ちゃん）

「けど……」

（それは奇跡なんかじゃなくて、とっても簡単なことなんだけど……お兄ちゃんにしか叶えられないんだ）

「俺だけに？」

（音夢ちゃんの夢を叶えてあげて……）

——行ってきます。

まどろみの中、純一は音夢の声を聞いたような気がした。

ハッと瞼《まぶた》を開くと、そこにはいつもの見慣れた天井。純一は寝ぼけまなこで辺りを見まわしてみたが、隣に寝ていたはずの音夢の姿がどこにもなかった。

携帯電話に手を伸ばして時間を確認すると、すでに夕方近くになっている。

「……行ってきます？」

確かに聞いたような気がする音夢の言葉を思い出し、純一はぼんやりと窓辺へと顔を向けた。穏やかな春の日差しが満ち、さわやかな風がカーテンを揺らしている。

「って、起きろよっ!!」

寝ぼけている場合ではない。純一は慌てて身体を起こし、ベッドから飛び降りた。

音夢がいない、のだ!!

「行ってきます!?　あいつがどこに行くんだよ？」

トイレとか、ご飯を食べに行くための挨拶《あいさつ》ではないだろう。

——コンビニに買い出しだろうか……？

寝起きの頭をフル回転させながら、純一はまず音夢の部屋へと向かった。

だが、やはり部屋に音夢の姿はない。階下を見てみようと踵《きびす》を返しかけた時、純一は部屋の隅に転がっている箱に気付いた。

おそらく本校の制服が入っていたであろう箱。

(ささやかな願いごとだよ)

夢の中で、さくらが言っていた言葉を思い出す。

(笑っちゃうくらいささやかなんだよ。だから、叶えてあげてお兄ちゃん)

純一は部屋に戻ると、空《から》になった箱を手に取った。

「……ちっぽけすぎるだろう」

普通ならあり得ない。そんなことを夢にするやつなんていない。最後まで残しておくには、あまりにもささやかすぎる願い。

「あいつ、バカだっ」

そう吐き捨てた純一は、机の上にある置き書きに気付いた。

『学園に行ってきま~す。帰りが遅くなるかもしれないけど心配しないで』

「……………………」

書き置きの下には、病院での検査結果通知があった。

素早く目を走らせると、原因はやはり不明——衰弱が著しく、早期の入院が必要。

短い文章を三度読み返しても内容は変わらない。

——今日が四月一日ならな。

これが杉並とさくらと音夢が仕掛けた冗談で、それを笑って許せる日ならよかった。

書き置きの最後には、消しゴムで消した跡がある。

薄く残っている文字は「さよなら」の四文字。

「あたりまえのことを夢になんかするなよっ!!」

純一は思わず叫んでいた。

でも、音夢は知っているのだ。普通が——あたりまえのことがどれほど大切なのか。

純一は部屋を飛び出した。そのまま家を出ようとしたが、思い直し、慌てて自分の部屋に駆け戻る。急いで制服に着替え、鞄を手に取った。

純一にできうる限り、普通にしなければならない。

音夢の願いを叶えるために……。


「はぁはぁはぁ……っ!!」

ずっと駆け通しで学園までやって来た純一は、ガラリ!!と教室のドアを勢いよく開けた。

——いない!?

よろよろと教室の中へ入り、自分の机まで来て手をつく。

ここに間違いないと思っていたのだが、音夢の姿はどこにも見あたらない。

「……どこに」

窓から見上げた空は、夕暮れに染まろうとしていた。

——そうか!!

純一はハッと顔を上げた。

「ここには……あいつの机はないんだ」

そう呟いた途端、ズキンと胸が痛む。ここまで来た音夢は、初めて自分の居場所がないことに気付いたはずである。

『そっか……座る場所なんてないよね』

おそらく、音夢は笑ってそう言っただろう。

けれど、その瞳には涙が浮かんでいたに違いない。

純一は鞄を置くと、教室から飛び出した。他に行く場所なんてない以上、まだ学園にはいるはずだ。だが、食堂や図書室……音夢が行きそうな場所を片っ端からまわってみるが、その姿はどこにもない。

「どこだ……っ!?」

中庭まで来た純一が、大きく息を吐《つ》きながら辺りを見まわした時。

リリン——。

かすかな鈴の音と共に、どこからか、ひらひらと桜の花びらが舞い落ちて来た。

その花びらの出所を辿《たど》るように空を見上げ、純一はもう一度息を吐くと、ゆっくりと歩き出した。校舎に戻り、近くにあった階段を一歩一歩確かめるようにして上っていく。

屋上へと出るための重いドアを開けた途端。

あかね色に染まった空が、純一の視界いっぱいに広がった。

「……すごい空だな」

空がとても近く感じられた。

真っ赤な綿飴《わたあめ》のような雲は、まるで手を伸ばせば届きそうに思えるほどだ。

「下にいたね」

純一に背を向けたまま、柵に寄り掛かっていた音夢がポツリと言った。

「見てたのか？」

「見てはいないよ。でも……なんとなく分かった」

「悪い、遅刻したな」

「いつものことだよ」

「そうか？」

純一は空を見上げたまま呟く。

「そうだよ。いつも遅れるけど来てくれる……絶対に私を見つけてくれる」

「そのための鈴だからな」

「うん……」

音夢が小さく頷くと、首についた鈴がリリン、と音を鳴らした。

「学園に来て楽しかったか？」

「そうだなぁ。ひとりで登校しても楽しくはないね。やっぱり、兄さんと一緒に……って
いうのが大切みたいだね」

「そうか」

空に向けていた視線を、音夢へと移動させようとした。

「あ、ダメ、そのまま振り返らないで」

純一の気配を察したのか、音夢は背を向けたまま言った。

「今の顔は見ないで欲しい……覚えていて欲しくない」

「……そうか。じゃあ、待っててやるよ」

「うん……」

音夢は、小さな声で答えると同時に嗚咽《おえつ》を漏らし始めた。

思わず駆け寄って抱きしめてしまいそうな自分を、純一は必死になって抑《おさ》えていた。

「な、なあ……今度、ここで弁当を食べよう」

「……え？」

「いいだろう。弁当を作ってくれよ。おまえの料理って、まずいけど癖《くせ》になる味だからな」

「なによ、それ」

音夢はプッと噴き出すように笑った。

おそらく……涙でくしゃくしゃになった顔のまま。

「屋上でお弁当食べてさ、俺……午後は昼寝するから、後でノート見せてくれよな」

「ふふふ、分かった。でも、代わりに日曜日に買い物につき合ってね」

「ああ、それに公園を散歩しよう」

「今度こそ、ちゃんと恋人に見えるかな」

「見えるさ」

純一は自信を持って言った。

「あ、そうそう、兄さんもなんか部活しようよ。朝練があるようなのなら遅刻しないよ」

「いいけど、毎朝、俺のことちゃんと起こしてくれるならな」

「ちゃんと起きなさいよ」

「ははは、後はそうだな……なんか約束したいことあるか？」

「……ううん。それだけでいいよ」

音夢は満足したように声のトーンを落とした。

「兄さんと一緒にいられればいいの。私はそれで充分幸せだよ」

「そうか……じゃあ、そろそろ帰るか」

「帰る？」

まるで意外な言葉を聞いたかのような音夢の反応に、純一は思わずドキリとした。

「迷子を見つけたから、家に帰るんだよ」

「……あはっ、そうだね……帰らなくちゃいけないいんだ」

「そう……帰るんだ」

純一は語気を強めた。

──頼む、うんと言って振り返ってくれっ!!

夕闇《ゆうやみ》に包まれようとしている空を見上げたまま、純一は必死になって祈り続けた。

もう一度、あの屈託のない笑顔を自分に向けてくれるように……と。

「でも……」

音夢の口から、残酷な言葉が漏れる。

「私はここでお別れ。兄さんは新しい道に進んで……」

夢の終わる瞬間。

信じられないくらい、切なくて……胸が痛い。

こんな結末を望んでいたわけではない。必死になって学園まで追い掛けて来たのは、こんな陳腐《ちんぷ》な言葉を聞きたいからではなかったはずだ。

どうして……こんなことなら、どうして自分は夢を見続けていなかったのだろう。

掛けるべき言葉を見つけられずにいた純一の背後で、音夢が最後の言葉を呟いた。

「さよならだね……兄さん」

「――っ⁉」

純一が振り返った瞬間。

バッ――と、音夢の身体から、桜の花びらが舞い上がった。

「……音夢」

音もなく倒れた音夢によろよろと近寄ると、純一は花びらに埋もれた細い身体を抱え起こした。グッタリとしたまま、身じろぎひとつしない音夢を見つめていると、まるで身体中の力が抜けてしまったかのようであった。

自然と涙が溢《あふ》れ出してくる。

ポロッと一筋の涙が頬《ほお》を伝い落ちると、後はもう止めようがなかった。

「ふざけるなよ！」

自分が泣いていることすら気付かず、純一は音夢に向かって叫んだ。

「なんで、最後までワガママ押し通さないんだよっ⁉　そんな、ドラマみたいにカッコよく、いなくなったりできると思うなよっ‼」

純一は音夢の身体を力任せに揺すった。

「どんなことをしてでも叩き起こしてやる。病院のベッドで目覚めさせて、自分がどんなバカなこと言ったのかって後悔させてやるっ‼　絶対に……っ」

だが……どれほど叫ぼうと、音夢は静かに目を閉じたまま、返事をしようとはしなかった。その身体をそっと抱きしめると、桜の花の香りが純一を包み込んだ。

エピローグ

初音島の桜——。

まるで、ずっと夢を見続けているかのように咲き続けていた桜。

それがある日、春の終わりと共に、突然……枯れ始めた。

もう、夢は終わりだと言わんばかりに。

散り行く花を見上げながら桜並木を歩いていた純一は、ふと風に舞う花びらに足を止めた。目を細めて辺りを見まわすと、移ろう季節に合わせるように、桜の樹《き》は新しい芽をつけ始めている。

あたりまえの風景のはずなのに、なんだか不思議な感じがした。

幸福な夢を見た後は気分がよいが……現実に気付いて、少し物悲しくなるのだろう。

純一は一本の桜の樹にもたれ、ポケットから手紙を出した。

差出人と受取人の住所が同じ……音夢から純一への手紙。


——もし、私《わたし》がいる場合は開けないで下さい。


封筒に書かれた一行の文字。

手紙を届けた人間はなにを思ったか。

純一は、覚悟を決めて封を切った。

親愛なる兄さんへ

この手紙を読んでいるのは春ですか？　それとも、もう冬になっていますか？
とにかく、ちゃんとご飯を食べていますか？
遅刻しないで学園に通えていますか？
うん。気になるよ……。
あのね、桜の花を見ちゃうと、なんとなく私を思い出すかもしれないけど……。
そんなの一年に一回くらいでいいから——うん。
ごめんなさい……って謝ったら怒ると思うけど、やっぱりごめんなさい。
ずるいよね。この手紙はずるい。
忘れて欲しいと言いながら、これで兄さんの心に私が刻まれることを知っている。
あの、兄さんと観《み》ていたドラマ覚えている？
私の嫌いだった部分を、私が演じてしまっているよね。
……うん。よく分からなくなって来た。
えっとね、言いたいことはひとつなの。もし、私と兄さんがすれ違って会えなかったら
兄さんは後悔すると思ったから。だから気にしないでください。

私は幸せ者でした。

もし、叶《かな》うのならば――。

私は桜の樹に生まれ変わってでもいいから、兄さんと一緒にいたい。

……一緒にいたかった。何年も、何十年も。


手紙はそこで途切れていたが、追伸のような形で短い文章が続いている。

その最後の文章を読んで、思わず笑ってしまった。

「あいつ……」

純一は、どこまでも青い空を見上げる。

最後にお節介ですが――。
妹に操《みさお》なんて立てないで、ちゃんと新しい恋人つくりなさいよ。

世話焼きの妹より

大好きな兄さんへ

「あ――っ‼」

「あ、まずい」

背中から聞こえて来た悲鳴のような声に、純一は慌てて手紙をたたんだ。

「兄さん！　なんでその手紙読んでるのよ‼」

「あ、いや……俺《おれ》に届いたから」

「だって、私がいる時は開けるなって……！」

「今はいなかったじゃないか」

「開き直らないで下さい‼」

ピシャリとそう言い放つと、音夢は手紙を取り上げようと手を伸ばして来た。

だが、その手をひらりとかわしながら、純一は再び文面に視線を落とす。

「……恥ずかしいなぁ、この手紙」

「……っ‼」

頬《ほお》を真っ赤にして、音夢は俯《うつむ》いてしまった。

その肩を震わせた様子を見て、純一は「やばい」と反射的に思ったが……。

「だって……ひっく……もう兄さんに会えないと思ったら……」

「あ、いや……」

泣き声を上げ始めた音夢を見て、バツが悪いというより戸惑ってしまった。

別に泣かせるつもりはなかったのである。

——しまったなぁ。

どうやって謝ればいいのか分からず、純一はボリボリと頭を掻《か》いた。

純一だって、音夢が生きてて嬉《うれ》しいのだ。ただ、それを素直に表現するのが、とても恥ずかしいことのように思えて、つい誤魔化すようにからかっただけのことである。

——仕方ない。

ドラマのような台詞《せりふ》は苦手なのだが、ここは覚悟を決めるしかないだろう。

純一はそっと手を伸ばして音夢の手を握りしめると、そのまま自分の方へと引き寄せた。

「あー、音夢」

そして、その細い身体《からだ》をギュッと抱きしめる。

音夢の身体は温かく、彼女が本当に生きていることを実感させた。

「兄さん？」

ジッと抱かれたまま、音夢は戸惑ったような声を上げる。

再びこうして抱き合えた感動を伝えればいいのだが、どうしても気の利《き》いた言葉が出てこない。感じていることをそのまま表現しようとしても、多すぎて一言に集約することができないのである。

好きだ、愛している……といった言葉ですら物足りない。

「……おかえり」

結局、純一の口から出たのはあたりまえの言葉。

けれど、万感の思いがこもっていることは、音夢にも分かるはずであった。

「ただいま。兄さん」

小さく囁《ささや》き返して来た音夢の頭に、一枚の桜の花びらがひらひら舞い落ちて来た。

END

あとがき

こんにちはっ！　雑賀匡です。

今回はサーカス様の「D.C.～ダ・カーポ～」をお送りします。

ゲームをプレイされた方はご存じだと思いますが、D.C.には数多くのヒロインが登場します。本来でしたら誰をヒロインにするか悩むところなのですが、今回は人気作品ということで三冊の分冊となりました。

第一弾のヒロインは、主人公の妹である朝倉音夢ちゃんです。枯れない桜にまつわる最初のお話は、彼女の「ささやかな願い」がキーワードとなっています。

今後も「ことり編」「さくら編」と続く予定ですので、よろしくお願いいたしますね。


では、最後に……。

K田編集長とパラダイムの皆様、お世話になりました。

そして、この本を手に取っていただいた方にお礼を申し上げます。またお会いできる日を楽しみにしております。

雑賀　匡

D.C.～ダ・カーポ～ 朝倉《あさくら》音《ね》夢《む》編

2002年12月15日 初版第1刷発行
2009年 2月15日 第14刷発行

著 者 雑賀 匡
原 作 サーカス

発行人 久保田 裕
発行所 株式会社パラダイム
〒166-0011東京都杉並区梅里2-40-19
ワールドビル202
TEL03-5306-6921 FAX03-5306-6923

装 丁 林 雅之
印 刷 株式会社秀英

既刊ラインナップ

定価 各860円+税

1 悪夢～青い果実の散花～
2 脅迫
3 痕～きずあと～
4 慾～むさぼり～
5 黒の断章
6 淫従の堕天使
7 Esの方程式
8 歪み
9 悪夢 第二章
10 瑠璃色の雪
11 官能教習
12 復讐
13 淫Days
14 お兄ちゃんへ
15 緊縛の館
16 密猟区
17 淫内感染
18 月光獣
19 告白
20 Xchange
21 虜2
22 飼
23 迷子の気持ち
24 ナチュラル～身も心も～
25 放課後はフィアンセ
26 骸～メスを狙う顎～
27 朧月都市
28 Shift!
29 いまじねぃしょんLOVE
30 ナチュラル～アナザーストーリー～
31 キミにSteady
32 ディヴァイデッド
33 紅い瞳のセラフ
34 MIND
35 錬金術の娘
36 凌辱～好きですか？～
37 MydearアレながおじさんMy dearアレながおじさん
38 狂＊師～ねらわれた制服～
39 UP!
40 魔薬
41 臨界点
42 絶望～青い果実の散花～
43 美しき獲物たちの学園 明日菜編
44 淫内感染～真夜中のナースコール～
45 MyGirl
46 面会謝絶
47 偽善
48 美しき獲物たちの学園 由利香編
49 せ・ん・せ・い
50 sonnet～心かさねて～
51 リトルMyメイド
52 flowers～ココロノハナ～
53 サナトリウム
54 はるあきふゆにないじかん
55 プレシャスLOVE
56 ときめきCheckin!
57 散櫻～禁断の血族～
58 Kanon～雪の少女～
59 セデュース～誘惑～
60 RISE
61 虚像庭園～少女の散る場所～
62 終末の過ごし方
63 略奪～緊縛の館 完結編～
64 Touchme～恋のおくすり～
65 淫内感染2
66 加奈～いもうと～
67 PILE・DRIVER
68 Lipstick Adv.EX
69 Fresh!
70 脅迫～終わらない明日～
71 うつせみ
72 Xchange2
73 M.E.M.～汚された純潔～
74 Fu・shi・da・ra
75 絶望～第二章～
76 Kanon～笑顔の向こう側に～
77 ツグナヒ
78 ねがい
79 アルバムの中の微笑み
80 ハーレムレーサー
81 絶望～第三章～
82 淫内感染2～鳴り止まぬナースコール～
83 螺旋回廊
84 Kanon～少女の檻～
85 夜勤病棟
86 使用済～CONDOM～
87 真・瑠璃色の雪～ふりむけば隣に～
88 Treating 2U
89 尽くしてあげちゃう
90 Kanon～the fox and the grapes～
91 もう好きにしてください
92 同心～三姉妹のエチュード～
93 あめいろの季節
94 Kanon～日溜まりの街～
95 贖罪の教室
96 ナチュラル2DUO 兄さまのそばに
97 帝都のユリ
98 Aries
99 LoveMate～恋のリハーサル～
100 恋ごころ
101 プリンセスメモリー
102 ぺろぺろCandy2 Lovely Angels
103 夜勤病棟～堕天使たちの集中治療～
104 尽くしてあげちゃう2
105 悪戯Ⅲ
106 使用中～W.C.～
107 せ・ん・せ・い2
108 ナチュラル2DUO お兄ちゃんとの絆
109 特別授業
110 Bible Black
111 星空ぷらねっと
112 銀色
113 奴隷市場
114 淫内感染～午前3時の手術室～
115 懲らしめ 狂育的指導
116 傀儡の教室
117 インファンタリア
118 夜勤病棟～特別盤 裏カルテ閲覧～
119 姉妹妻
120 ナチュラルZero＋
121 看護しちゃうぞ
122 みずいろ
123 椿色のプリジオーネ
124 恋愛CHU！ 彼女の秘密はオトコのコ？
125 エッチなバニーさんは嫌い？
126 もみじ「ワタシ…人形じゃありません…」
127 注射器2
128 恋愛CHU！ ヒミツの恋愛しませんか？
129 悪戯王
130 水夏～SUIKA～
131 ランジェリーズ
132 贖罪の教室BADEND
133 -スガタ-
134 Chain 失われた足跡
135 君が望む永遠 上巻
136 学園～恥辱の図式～
137 蒐集者 コレクター
138 とってもフェロモン
139 SPOT LIGHT
140 Princess Knights 上巻
141 君が望む永遠 下巻
142 家族計画
143 魔女狩りの夜に
144 憑き
145 螺旋回廊2
146 月陽炎
147 このはちゃれんじ！
148 奴隷市場ルネッサンス
149 新体操（仮）
150 Piaキャロットへようこそ!!3 上巻
151 new～メイドさんの学校～
152 はじめてのおるすばん
153 Beside～幸せはかたわらに～
154 Only you 上巻
155 性裁 白濁の禊
156 Milkyway
157 Sacrifice ～制服狩り～
158 Piaキャロットへようこそ!!3 中巻
159 忘レナ草 Forget-me-Not
160 Silvern ～銀の月、迷いの森～
161 エルフィーナ～淫夜の王宮編～
162 Princess Knights 下巻
163 Realize Me
164 Only you 下巻
165 水月 ーすいげつー
166 はじめてのおいしゃさん
167 ひまわりの咲くまち
168 Piaキャロットへようこそ!!3 下巻
169 新体操（仮） 淫装のレオタード
170 D.C.～ダ・カーポ～ 朝倉音夢編
171 エルフィーナ～奉仕国家編～
172 今宵も召しませ アリステイル
173 はじらひ
174 いもうとブルマ
175 DEVOTE2 いけない放課後
176 特別授業2
177 超昂天使エスカレイヤー 上巻
178 D.C.～ダ・カーポ～ 白河ことり編
179 いたずら姫
180 SNOW～儚雪～
181 あいかぎ 彩音編
182 てのひらを、たいように 上巻
183 裏番組～新人女子アナ欲情生中継～
184 SEXFRIEND～セックスフレンド～
185 超昂天使エスカレイヤー 中巻
186 D.C.～ダ・カーポ～ 芳乃さくら編
187 女医〇っくす
188 SNOW～小さき祈り～
189 カラフルキッス 12コの胸キュン！
190 あいかぎ 千香編
191 超昂天使エスカレイヤー 下巻
192 てのひらを、たいように 下巻
193 復讐の女神 Nemesis
194 満淫電車
195 催眠学園
196 SNOW～古の夕焼け～
197 懲らしめ2 狂育的デパガ指導
198 うちの妹のばあい
199 かこい～絶望の処女監獄島～
200 朱 上巻 ～ルタの眷属～
201 恋する妹はせつなくてお兄ちゃんを想うとすぐHしちゃうの
202 すくみず 真帆・梨香編
203 魔女っ娘ア・ラ・モード
204 SNOW～記憶の棘～
205 姉、ちゃんとしようよっ！上巻立志編
206 D.C.～ダ・カーポ～ 天枷美春編
207 ナチュラルアナザーワン

最新情報はホームページで！ http://www.parabook.co.jp

208 プリンセスブライド
209 朱 下巻 ～ラッテの願い～
210 すくみず 媛・鈴枝編
211 クリスマスプレゼント
212 SNOW～空の揺りかご～
213 姉、ちゃんとしようよっ！下巻奮闘編
214 D.C.～ダ・カーポ～ 鷺澤頼子編
215 ななみとこのみのおしえてA・B・C
216 こなたよりかなたまで
217 すくみず コナ・葉菜編
218 D.C.～ダ・カーポ～ 水越萌・眞子編
219 ラストオーダー
220 放課後～濡れた制服～
221 夜勤病棟・弐
222 クロス†チャンネル
223 MILK・ジャンキー
224 アンサンブル 桜子編
225 へんし～ん！
226 大好きな先生にHなおねだりしちゃうおませなボクの／私のぷにぷに
227 愛cute！ キミに恋してる
228 インモラル
229 エックスチェンジ3
230 姉、ちゃんとしようよっ！2上巻帰還編
231 MILK・ジャンキー2
232 アンサンブル 淳編
233 お願いお星さま
234 終の館 第一章
235 あなたと見た桜～姉妹妻～
236 特別病棟
237 D.C.P.C. 胡ノ宮環編
238 姉、ちゃんとしようよっ！2下巻野望編
239 ホワイトブレス
240 アンサンブル 若葉編
241 ラムネ 近衛七海編
242 終の館 第二章
243 友達以上恋人未満
244 夜勤病棟・参
245 D.C.P.C. 月城アリス編
246 ミセス・ジャンキー
247 ふたなり♪ミルクセーぇキ
248 最終試験くじら 上巻
249 ラムネ 石和多恵編
250 ホームメイド 上巻
251 おやつのじかん
252 姉とボイン
253 D.C.P.C. 彩珠ななこ編
254 お姉さん中出し痴漢列車
255 揺れるバスガイド
256 最終試験くじら 下巻
257 D.C.P.C. 紫和泉子編
258 ホームメイド 下巻
259 処女はお姉さまに恋してる 紫苑編
260 脅迫2 傷に咲く花 鮮血の紅
261 D.C.P.C. 工藤叶編
262 ゆのはな
263 へんし～ん！2
264 蝶ノ夢
265 ウソツキは天使のはじまり
266 幼なじみな彼女
267 処女はお姉さまに恋してる 貴子編
268 夢みてナイト！
269 メイドインヘブン
270 学園2～淫虐の図式～
271 サナララ
272 メイドインヘブン スーパーズ
273 七瀬恋
274 すぱっちゅ！
275 魔女っ娘ア・ラ・モードII
276 ふたりでマーヴルしちゃいます！
277 D.C.P.C. 霧羽香澄編
278 THE GOD OF DEATH第1章
279 MILK・ジャンキー3
280 つよきす 鉄乙女編
281 ワルイコトシタイ
282 七人のオンラインゲーマーズ
283 オシオキSweetie
284 すくみず2 世弥・世那編
285 ないしょのティンティンたいむ
286 THE GOD OF DEATH第2章
287 はじめてのおてつだい
288 つよきす 椰子なごみ編
289 ちょっと素直にどんぶり感情
290 すくみず2 ミカ・ピコ編
291 ナチュラルアナザーワン セカンド ベラドンナ
292 モノごころ、モノむすめ。
293 しすたー・すきーむ
294 もめっ！ 乳姉妹かていきょうし11人
295 Piaキャロットへようこそ!!G.O. あやのの絆
296 つよきす 霧夜エリカ編
297 すくーるへブン 櫻の花嫁
298 すくみず2 香恵・ヒナ編
299 ネコっかわいがり！
300 D.C.II春風のアルティメットバトル！
301 AR～忘れられた夏～ 上巻
302 スカーレット上巻
303 Piaキャロットへようこそ!!G.O. 小春びより
304 つよきす 蟹沢きぬ編
305 炎の孕ませ人生
306 妻とママとボイン
307 プリンセスワルツ上巻
308 ツグナヒ2
309 AR～忘れられた夏～ 中巻
310 ドキドキ母娘レッスン
311 Piaキャロットへようこそ!!G.O. 留美の未来図
312 スカーレット下巻
313 聖奴隷学園
314 メイドさんと大きな剣
315 プリンセスワルツ下巻
316 牝教師 淫辱の教室
317 AR～忘れられた夏～ 下巻
318 ボインにかけろ！
319 牝姫の虜～廃校舎の制服少女～
320 D.C.II 茜色の空の下で
321 今夜のオカズはレンジdeまりね
322 風間愛
323 放課後2～白濁のレッスン～
324 いな☆こい！～お稲荷さまとモテモテのたたり～
325 エルフィン・ローズ～囚われの三皇女～
326 妻しぼり 上巻
327 ぼくと子宮出し女教師
328 D.C.II 伝えたい心
329 瑞本つかさ先生の［エッチ］を覚える大人の性教育レッスン!!
330 つよきす 近衛素奈緒編
331 Queenボンジョルの！
332 ナツメグ
333 姉はエロコミ編集者～淫汁ぶっかけ生指導～
334 妻しぼり 下巻
335 カフェ・ジャンキー
336 D.C.II ボーイ・ミーツ・ロボット
337 遊撃警艦パトベセル
338 DCII 変わらない想い
339 南国さく乳アイランド
340 戦国ランス 一ノ巻
341 おっぱいバカ おっぱい以外は認めない！
342 D.C.II 薫風のアルティメットバトル！
343 兄嫁はいじっぱり
344 借金姉妹
345 君が主で執事が俺で 森羅編
346 D.C.II 結ばれる記憶
347 姫奴隷
348 あなたの知らない看護婦
349 レコンキスタ 上巻
350 D.C.II あなたのことを忘れない 上巻
351 D.C.II あなたのことを忘れない 下巻
352 ほしフル 約束のものがたり～瑠歌編～
353 君が主で執事が俺で 未有編
354 えろすまっしゅ！
355 つよきす アフターヒロイン なごみのラブファイト
356 C.D. Christmas Days 朝倉姉妹の聖夜
357 レコンキスタ 下巻
358 D.C.II Spring Celebration1
359 Sugar+Spice！ 歌編 —ファルセット—
360 ほしフル あなただけ見つめてる～琴音編～
361 君が主で執事が俺で 夢編
362 せーえき瞬間っ！移動?!
363 炎の孕ませ同級生 上巻
364 戦国ランス 二ノ巻
365 牝教師2 ～淫従の螺旋～
366 D.C.II Spring Celebration2
367 Sugar+Spice！ 藍衣編 —クローズドアイズ—
368 だぶる先生らいふっ アフターエピソード
369 君が主で執事が俺で 朱子編
370 おしえて！唯子先生［エッチ］を覚える大人の性教育レッスン!!
371 炎の孕ませ同級生 下巻
372 戦国ランス 三ノ巻
373 催眠凌辱学園
374 借金姉妹2 上巻
375 学園☆新選組！～乙女ゴコロと局中法度～
376 こいびとどうしですることぜんぶ
377 君が主で執事が俺で 美鳩編
378 イカレタ教室
379 OPPAIライフ
380 Piaキャロットへようこそ!!G.P.
381 君が主で執事が俺で 南斗星編
382 ニセ教師 上巻
383 魔女道 あの散り際の美しさ
384 借金姉妹2 下巻
385 クラス全員オレの嫁
386 戦国ランス 四ノ巻
387 毎日けだものっ!!あなたのために～のどか編～
388 D.C.II風見学園演劇部1 ななか・小恋
389 Coming×Humming!!
390 ニセ教師 下巻
391 どっぷり中出し学園戦争
392 ふりフリ
393 姦淫特急 満潮
394 戦国ランス 五ノ巻
395 毎日けだものっ!!覚悟しなさいっ！～ひかる編～
396 D.C.II風見学園演劇部2 由夢・美夏
397 新ジャンル えすでれっ!!
398 鬼父 愛娘強制発情
399 孕ませ王
404 D.C.II風見学園演劇部3 音姫・杏